어휘력 높이고 싶은
어른을 위한 필사책

어휘력 높이고 싶은
어른을 위한 필사책

손힘찬 지음

비책

일러두기

1. 도서명은 《 》로, 시 · 산문 · 잠언 등 작품명은 〈 〉로 묶어 표기하였습니다.
2. 작품명, 외국 인명은 외래어 표기법을 따르되 관용적 표기는 절충해 실용적 표기를 따랐습니다.
3. 저작권자를 찾기 어려워 허가받지 못한 작품은 추후 저작권이 확인되면 적법한 절차를 진행하겠습니다.

먼저 '말맛'을 알아가라

어휘력이 매우 중요한 세상이다. 어휘력은 우리의 사고력과 직결되지만, 우리에게 어휘력이 필요한 가장 큰 이유는 바로 '소통'이다. 내 생각을 상대에게 잘 전하고, 또 상대의 마음을 알기 위해서는 글이나 말을 제대로 표현할 수 있어야 한다. 우리가 흔히 '어휘력'이라 부르는 것은 어쩌면 사전에 등록된 낱말을 얼마나 많이 익히고 활용하는지의 문제로만 여겨질 수 있다.

하지만 단어의 뜻만 알고 넘기는 것과 여러 단어가 조합되어 뜻밖의 의미로 발전하는 모습을 이해하는 것은 전혀 다른 차원의 능력이다.

예를 들어 '눈에 밟힌다'라는 표현을 곱씹어 보자.

(1) 길에서 만났던 강아지가 머릿속을 떠나지 않는다.

(2) 어제 봤던 장면이 자꾸 눈앞에 떠오른다.

어떠한가? 분명 똑같은 표현이지만, 동일한 상황을 가리키지는 않는다. **(1)은 '그 장면이 계속 마음에 걸리고 신경이 쓰인다'라는 표현이며, (2)는 '인상이 너무 깊어서 머릿속을 맴돈다'라는 표현이다.** 이러한 차이는 언어적 맥락에 익숙해질수록 자연스레 체감하게 된다. 그래서 단순히 사전에 나온 뜻만 아는 것과, 그 표현이 실제 쓰이는 모습과 분위기를 체감하는 것은 엄연히 다른 얘기다.

이는 바로 '언어 지식'과 '언어 감각'의 차이다. 언어 지식은 사전에 적힌 의미와 용법을 알고 있다면 충분하다. 하지만 언어 감각은 그 표현이 어떤 맥락에서, 어떤 뉘앙스를 만들어 내는지를 온전히 파악하고, 실제 상황에서 자연스럽게 활용할 수 있는 능력이다. 어느 나라, 어느 사회, 어느 단체든 공유하고 있는 '말맛'을 익히려면 시간과 경험이 필요하다. 단순히 사전에서 '눈에 밟힌다'의 의미를 읽는 것만으로는 그 말맛을 다 알 수 없다.

책에서 여러 번 접하고, 누군가와 대화하며 비슷한 표현을 듣고, 또 직접 써 보면서 "이럴 땐 이렇게 쓰는구나" 하고 서서히 체득해 가야 한다. 이때 익숙해진 '감각'은 시험 문제를 풀기 위해 억지로 외운 지식과 달리 오랫동안 몸에 배어 나온다. 처음에는 "왜 똑같은 말인데 느낌이 다르지?" 하며 어색하게 느껴지던 표현도, 언어적 맥락을 충분히 경험하고 나면 어느새 자연스럽게 머릿속에 스며들게 된다.

이 책은 바로 그 언어 감각을 길러 단어와 문장이 살아 숨 쉬는 '말맛'을 체화할 수 있도록 안내한다. 본격적으로 필사를 시작해 보면 알겠지만, 단순한 '단어 뜻 알기'에서 한 걸음 더 나아가 글의 맥락과 뉘앙스를 맛보는 기쁨을 함께 느낄 수 있다.

지식이 아닌 감각을 키워나가라

어휘력을 향상하는 데 도움이 되는 것은 독서와 꾸준한 필사다. 그런데 간혹 어떤 독자분들은 책을 읽다가 너무 어렵게 느껴지면 손을 놓는 경우가 있다. 그럴 땐 "어렵지만 뭔가 느낌이 남는다" 정도로 '뒷맛'을 남겨두자. 그러면 나중에 스스로 음미하게 되면서 언어적 직관을 천천히 키워준다. 혹시 뒷맛을 느끼지 못했어도 괜찮다. 조바심을 가질 필요는 없다. 당신은 이미 생각만 하다가 '행동'하기 위해 이 책을 펼쳤고, 이제 남은 건 '반복'하는 것뿐이다.

필사는 단어와 문장을 머릿속에 채워 넣는 데서 그치지 않는다. 글자를 하나하나 손으로 베껴 쓰는 동안 문장의 결이 오감(五感)으로 전달된다. 그렇기에 필사는 '지식'을 '감각'으로 바꾸는 가장 효과적인 통로다. 눈으로 읽고, 입술로 중얼거리며, 귀로 듣고, 손으로 베끼는 과정은 결국 '체화'로 이어진다. 이렇게 반복하는 동안 무의식까지 스며든 표현들은 어느 순간 문득 말이나 글로 흘러나오며 '나만의 언어'가 되어 준다.

내가 글을 쓰기 시작한 지도 어느덧 9년째이다. 물론 나는 아직 한참 멀었다고 생각한다. 알면 알수록 '어휘'를 잘 활용하여 글을 쓰기란, 특히 글로 먹고사는 업(業)을 택한 사람에게는 쉽지가 않다. 그래도 그저 쓰고, 고치고, 때론 따라 쓰고 말하기를 반복하다 보니, 스스로 어디 가서 부끄럽지 않을 수준까지는 도달했다. (이 부분에 대해선 '정말?'이라는 의문의 꼬리표가 따라오지만 어쨌든 그렇다.)

한 가지 분명한 사실은 인간은 학습할 수 있는 존재라는 것이다. 즉 우리는 인지하고자 하면 얼마든지 할 수 있고, 시간이 더뎌도 반복하면 어떤 분야는 어느 정도의 선까지는 구사할 수 있다.

나는 글을 쓰고 책을 만드는 과정에서 다음과 같은 방법들을 활용한다.

1) 하루 한 문장 필사 후, 그 문장과 하루를 동기화하기

아침이나 밤에 한 문장을 정해 필사하고, 내 하루의 흐름과 연결 지어 본다. 가령 '구름이 흘러가듯, 나도 흘러가 본다'라는 문장을 아침에 써 두고, 하루가 힘겨울 때마다 마음속으로 되뇌어 본다. 이런 과정을 반복하다 보면, 무의식중에 그 문장이 차곡차곡 쌓이게 된다.

2) 필사한 문장을 내 문장으로 재탄생시키기

원문을 그대로 옮겨 쓴 다음, 그 문장으로부터 받은 인상을 바탕으로 짧은 글을 더해 본다. 예를 들어 '마음이 잔잔한 호수처럼 고요해진다'라는 문장을 필사했다면, 곧이어 '오늘 아침, 내 마음이 고요에 잠기는 순간은 언제였을까?'라는 짧은 단상을 덧붙여 본다. 이렇게 하면 필사한 문장이 '무의식의 창고'로 깊이 들어가고, 나만의 문장으로 새롭게 살아난다.

3) 문장 필사 중 잠깐 멈춘 후 되짚어 읽기

문장을 필사하다가 잠시 멈춰서 지금까지 쓴 문장을 다시 훑어본다. 예를 들어 '오늘, 한 걸음을 내디뎠다. 작은 걸음일지라도…'라는 문장에서 '작은 걸음일지라도'라는 부분이 와 닿는다면, 거기서 느낀 감각을 조금 더 깊이 음미하며 이어지는 문장을 써 내려간다. 그 과정에서 어느 단어나 표현에 유독 집중하게 되는지 스스로 체감해 본다.

이 세 가지 방법을 활용하면 자신만의 글쓰기 리듬이 생기고, 문장에 실린 '맛'을 느낄 수 있다.

또한, 이 책에 실린 문장들은 내가 직접 수집하고 선별했다. 독자분들이 쉽게 따라 쓰면서도 흥미롭게 가슴에 새길 만한 문장들만 골랐다. 그중에는 문학, 철학, 소설 그리고 나의 글들이 함께 섞여 있다. 하루 한 문장씩 필사의 방식으로 몸에 새기고, 중간중간 되돌아보며 낭독해 보자. 그 문장들은 더 이상 남의 글이 아닌 나의 숨결로 변할 것이며, 언어감각을 깨우는 토대가 되어줄 것이다.

손힘찬

목차

1장_ 삶에서 잃지 말아야 할 가치는 무엇인가

2장_ 발전과 변화를 위해 무엇을 노력하는가

3장_ 나답게 살고 싶다면 치열한 삶을 추구하라

4장_ 중요한 것은 삶의 길이가 아닌 삶의 깊이다

지혜의 말_ 삶의 지혜를 주는 필사 문장 : 손힘찬

부록_ 글쓰기 초심자를 위한 집필력 키우기

1장

삶에서 잃지 말아야 할
가치는 무엇인가

당신이 걸어온 길은
아무도 걸어본 적이 없다.
그 길은 당신만의 것이다.

독서와 필사를 병행해
언어 감각을 키워라

'말맛'을 온전히 느끼려면 머리로만 이해하는 것보다 온몸으로 부딪쳐 보는 경험이 꼭 필요하다. 언어의 결을 구석구석 음미하면서 느리더라도 문장에 담긴 분위기와 소리를 하나씩 곱씹는 시간 말이다. 그렇게 자꾸 문장을 '느끼는' 연습을 하다 보면, 어느 순간 글 자체에 대한 감각이 훨씬 풍부해진다.

다음은 '말맛'을 느낄 수 있는 세 가지 방법이다.

첫째, 의미에 '미(味)'를 더하라

우리는 대부분 '의미'라고 하면 '가치 있다, 중요하다' 같은 개념부터 떠올린다. 거기서 한 걸음 더 나아가 '미(음미)'에 주목해 보자. 느낌이나 분위기, 감정의 흐름 같은 요소도 '말맛'을 느끼는 데 중요하다. 가령 '맛을 본다'라고 하면 미각과 후각이 작동되어 무언가를 실제로 먹고 음미하는 행위를 뜻한다. 반면 '맛이 갔다'라고 하면 상태가 이상하거나 정상적인 범주에서 벗어난 흐름을 뜻한다.

간단한 예를 들어보겠다.

(1) 오늘은 비가 와서 그런지, 밥맛이 잘 안 난다.

(2) 점점 일이 손에 익어 가니, 이제 일할 맛이 난다.

이렇듯 같은 '맛'이라도 (1)과 (2)의 쓰임새에 따라 기분이나 상황이 달라진다는 사실을 체감할 수 있다. 이는 곧 언어 감각을 넓히는 토대가 된다. 또한, 글맛에 의해 실제 혀끝부터 코끝까지 감각이 동시에 살아나기도 한다. 내 기억 속 행복한 순간이 떠오르거나, 어이없고 당혹스러운 경험을 회상할 때가 있듯이 말이다. 이것은 내 안에서 직접 '체험'되지 않으면 그 참맛을 알기 힘들다.

둘째, 지식이 아닌 감각을 키워나가라

언어 감각을 단련하는 3단계 방법을 소개한다.

① 문장을 눈으로 담는다.

먼저 글을 천천히 눈으로 훑어가며 읽는다. 이때는 그냥 의미 파악에 집중하자.

② 입으로 소리 내어 다시 읽는다.

이번에는 소리 내어 읽기를 반복해 본다. 목소리가 나올 때 몸에서 일어나는 반응이나 리듬을 느껴보자.

③ 글을 직접 써 본다.

앞에서 말한 문장이나 글을 손으로 적으면서, 낮게 소리를 내어 따라 읽어 보자. 그 과정에서 어조나 리듬, 어휘의 뉘앙스를 체감하게 된다. 보기엔 간단해 보여도 입으로 말하고, 귀로 들을 때 문장의 촉감이 확연히 다르게 다가온다. 어떤 경우에는 눈을 감고 말하면, 말 속에 깃든 감정이 더 선명하게 들릴 때도 있다. 이때 잘 모르는 단어나 낯선 표현을 발견하면 사전에서 찾아보고 뜻을 확인하면 된다.

마지막으로, ①부터 ③까지 '반복'한다.

직접 쓴 글을 다시 들여다보고 수정하면 어휘력뿐만 아니라 '글쓰기 실력'도 늘어난다. 다시 수정한다는 건 '재인지'를 하는 것이기 때문에 난 개인적으로 어휘력 늘리기에 이보다 빠른 방법은 없다고 생각한다. 사실 독서는 우리가 언어를 접하는 가장 손쉬운 창구지만, 그 느낌이 곧바로 내 것이 되는 건 아니다. 바로 여기서 필사가 힘을 발휘한다.

셋째, 때론 글과 말을 천천히 읊조려라

나는 글을 쓸 때 종종 혼잣말하듯 중얼거리곤 한다. 목소리에 실린 문장은 다시 귀로 들어오면서 한층 더 생생해진다. 때론 하루 종일 그렇게 몰입하다 보면 목이 아플 정도지만, 그만큼 단어 하나하나가 몸에 배는 과정을 즐긴다고도 할 수 있다.

책에서 인상 깊은 문장을 고른 뒤, 손으로 따라 적고 입으로 반복하는 과정을 거치면, 그 구절은 단순한 '읽음'을 넘어 무의식 깊은 곳에 각인된다. 이때 독서는 사고력과 감수성을 열어 주고, 필사는 그 문장을 온전히 내 언어로 만들어 준다. 결국 독서와 필사를 병행하면, 한 권의 책에 담긴 의미가 '지식'이 아닌 '감각'으로 바뀌어 오래도록 남게 된다.

Day 001

찰스 디킨스, 《두 도시 이야기》

삶의 의미가 무엇인가? 그저 단순한 질문이었다.

세월이 지나며 점점 가까이 다가오는 질문.

위대한 깨달음은 결코 오지 않았다.

어쩌면 위대한 깨달음은 절대 오지 않을지도 모른다.

대신 작은 일상의 기적들,

어둠 속에서 예기치 않게 켜진 성냥 같은 조명들이 있었다.

여기 하나가 있었다.

이것, 저것, 그리고 또 다른 것.

Day 002

사르트르, 《존재와 무》

인간은 자유로운 존재로 이 세상에 던져졌다.

이 자유는 선택의 부담을 지우며,

그 선택에 대한 책임도 부여한다.

선택하지 않는 것도 하나의 선택이다.

인간은 자신이 선택한 것 이외에는 아무것도 아니다.

우리는 자신을 만들어가는 주체이며,

동시에 전체 인류를 대표하는 책임을 진다.

자유는 축복이 아니라 저주에 가깝다.

그럼에도 우리는 자유롭게 자신의 본질을 창조해야 한다.

Day 003

허먼 멜빌, 《모비딕》

고통과 괴로움은 깊은 지성과 큰마음을 가진 이들에게는
항상 피할 수 없는 운명이다.
진정 위대한 사람들은 지상에서 큰 슬픔을 짊어지게 마련이다.
하지만 내가 보기에 위대한 사람들의 슬픔은
자신들의 삶에서 비롯된 것이라기보다
타인의 슬픔에서 오는 경우가 더 많다.
그들은 너무 많은 것을 보고, 너무 깊이 느끼며,
그들의 마음은 자신의 좁은 존재만으로 담기엔
너무나 크기 때문이다.

Day 004

여불위, 《여씨춘추》

사계절이 끊임없이 순환하듯 인간사도 흥망성쇠를 거듭한다.

봄에 씨를 뿌리지 않으면 가을에 수확할 것이 없듯이,

젊을 때 배우지 않으면 노년에 지혜롭지 못하다.

모든 일에는 적절한 시기가 있으니

때를 놓치지 말고 행동해야 한다.

하늘은 스스로 돕는 자를 돕고,

노력하지 않는 자는 아무리 좋은 기회가 와도

이를 알아보지 못한다.

Day 005

공자, 《논어》

군자는 자신을 탓하고, 소인은 남을 탓한다.

자신의 실수를 인정하고 배우는 자세가 진정한 자존감의 표현이다.

군자는 타인의 인정을 구하지 않고,

자신의 도덕적 완성을 추구한다.

남이 알아주지 않아도 성내지 않는 것이 군자다.

외부의 평가가 아닌, 내면의 덕성에서

자기 가치를 찾는 것이 중요하다.

배우기만 하고 생각하지 않으면 얻는 것이 없고,

생각만 하고 배우지 않으면 위태롭다.

끊임없는 학습과 성찰을 통해 자신을 발전시키는 것이

자존감을 높이는 길이다.

자신이 원하는 바를 남에게 시키지 말라.

진정한 자존감은 타인에 대한 존중에서도 드러난다.

Day 006

열자, 《열자》

인간의 삶은 마치 나그네와 같아서
잠시 이 세상에 머물다가 떠난다.
그러므로 부귀영화를 좇아 마음을 어지럽히지 말고,
빈천한 처지를 한탄하며 자신을 괴롭히지 말아야 한다.
삶과 죽음, 가난과 부유함, 성공과 실패는 모두
자연의 순환 속에 있는 것이니,
마음을 비우고 자연의 이치를 따르면
참된 자유와 평안을 얻을 수 있다.

Day 007

소크라테스, 〈삶의 지혜〉

내가 아는 것은 내가 아무것도 모른다는 사실뿐이다.
지혜의 시작은 무지를 인정하는 데서 비롯된다.
우리는 모든 것을 의심하고 질문해야 한다.
왜냐하면 진리는 질문을 통해 발견되기 때문이다.
참된 행복은 외부 조건이 아닌 내면의 평화에서 온다.
남들이 무슨 말을 하든 개의치 말고,
자신이 옳다고 믿는 일을 해라.
부와 명예보다 더 가치 있는 것은 정직과 지혜이다.

Day 008

발타자르 그라시안,
〈감정을 통제하라〉

열정은 고귀한 정신의 특권이다.
고로 우리를 움직이게 하는 원동력이지만
자신을 잘 통제하는 게 더 중요하다.
자신과 감정을 지배하는 건 진정한 자유 의지의 승리다.
들뜬 기분과 열정이 나를 지배할 때는
높은 목표를 지향하기보다
달성 가능한 목표를 설정하는 것이 현명하다.
이렇게 하면 불필요한 문제를 피할 수 있고,
좋은 평판을 유지할 수 있다.
열정을 가지되, 그것을 현명하게 관리하라.

Day 009

노자, 《도덕경》

천하에 물보다 더 부드럽고 약한 것은 없다.

그러나 강한 것을 치는 데는 물을 이길 수 있는 것이 없다.

약한 것이 강한 것을 이긴다.

행복은 외부 세계에 있지 않고, 우리 마음의 평화에 있다.

많이 가진 사람은 많이 잃을 수 있다.

적게 가진 사람은 더 자유롭다.

사람은 땅을 본받고, 땅은 하늘을 본받고,

하늘은 도(道)를 본받고, 도는 자연을 본받는다.

Day 010

주자, 《대학》

군자는 먼저 자신을 밝히고,

그 밝음을 통해 가정과 사회를 올바르게 이끌어야 한다.

사소한 욕심에 눈이 멀면 큰 뜻을 세우지 못하고,

내면의 바탕을 어지럽히면 외부의 질서마저 무너진다.

자신을 스스로 단정히 하고

예의를 지키는 마음가짐이야말로

진정한 학문의 시작이 된다.

Day 011

니체,
《차라투스트라는 이렇게 말했다》

네 자신을 넘어서라.

인간은 극복되어야 할 무엇이다.

자신의 한계를 인정하되,

그것에 만족하지 말고 끊임없이 성장하라.

당신이 누구인지, 무엇이 되고 싶은지를

결정하는 것은 당신 자신이다.

다른 사람들의 기대나 사회적 규범에 얽매이지 말라.

진정한 자존감은 자신의 가치를 스스로 창조하는 데서 온다.

사자처럼 '아니오'라고 말할 줄 알아야 하고,

어린아이처럼 순수하게 '예'라고 말할 줄도 알아야 한다.

당신 안의 혼돈이 춤추는 별이 되게 하라.

창조적인 자기 변형을 통해

자신만의 길을 개척하는 용기가 필요하다.

Day 012

추적, 《명심보감》

하늘이 비록 높다 하더라도
사람이 근본을 세우면 반드시 응답하며,
땅이 비록 두텁다고 하더라도
사람이 덕을 쌓으면 반드시 보답한다.
그러므로 군자는 항상 자신을 반성하고 살피되
안으로는 마음을 바르게 하고,
밖으로는 몸을 바르게 해야 한다.
이렇게 하면 복이 스스로 찾아오고
화가 스스로 물러간다.

Day 013

알베르 카뮈, 《시지프 신화》

인간의 불합리한 운명과 화해하는 것이 진정한 승리다.
시지프가 바위를 굴리는 노동은 무의미해 보이지만,
그 자신의 운명을 받아들이는 순간에 그는 자유로워진다.
불합리한 세계에서 우리가 할 수 있는 일은
반항하며 의미를 창조하는 것이다.
신들은 시지프가 무의미한 노동으로
절망에 빠지기를 바랐지만,
오히려 그는 자신의 운명을 사랑함으로써
신들의 의도를 좌절시켰다.
우리는 시지프를 행복한 사람으로 상상해야 한다.

Day 014

아리스토텔레스, 〈중용의 미덕〉

미덕은 두 가지 극단 사이의 중간 지점에 있다.

용기는 무모함과 비겁함 사이에,

관대함은 낭비와 인색함 사이에 있다.

행복은 덕 있는 행동에서 온다.

우리는 실천함으로써 배운다.

의로운 행동을 함으로써 의로운 사람이 되고,

절제된 행동을 함으로써 절제된 사람이 된다.

친구는 또 다른 자아이다.

좋은 친구를 가진 사람은 자신의 영혼을 두 배로 가진 셈이다.

작은 습관이 쌓여
'내 언어'가 풍성해진다

어휘력은 우리의 생각과 감정을 섬세하게 표현하고 정확히 전달하는 핵심 능력이다. 하지만 많은 사람이 어휘력을 늘리겠다고 새로운 단어만 끊임없이 외우곤 하는데, 이것만으론 충분하지 않다. 어휘력의 진짜 비밀은 '읽는 것'과 '쓰는 것'을 끊임없이 연결하며, 자신의 언어를 만들어 가는 과정에 숨어 있다.

■ 어휘력을 높이는 방법 두 가지

첫째, 책과 글을 가리지 않고 가능한 한 많이 접한다

소설, 신문, 잡지, 자기계발서 등 어떤 장르든 상관없다. 중요한 것은 '그냥 지나치지 않는 습관'이다. 낯선 단어나 독특한 표현을 발견했다면 그 자리에서 간단히 메모하고 문맥과 함께 정리해 두자. 나중에 그 단어를 다시 만날 때 기억은 쉽게 되살아나고, 자연스럽게 표현을 응용할 수 있다.

이를 효과적으로 실천하는 방법으로 〈어휘장(Vocabulary Journal)〉을 적극 추천한다. 새로 만난 단어를 정리할 때는 단순히 뜻만 적지 말고, 그 단어를 실제 상황에서 쓸 수 있는 짧은 예문까지 함께 적어보자.

더 나아가 동의어나 반의어도 기록해 두고, 자주 보는 장소에 놓아두면서 틈틈이 복습하는 습관을 들이면 좋다.

둘째, 가장 중요한 것은 '실제로 쓰기'다

어휘장은 쌓아두기만 하면 아무 소용이 없다. 메일이나 SNS, 일기 등 일상적인 글을 쓸 때, 기록해 둔 단어를 의식적으로 사용해 보자. 처음엔 어색하게 느껴질 수 있지만, 반복하다 보면 어느 순간 자연스럽게 내 표현이 되어 있는 것을 발견할 것이다.

또 하나, 하루에 한두 단어만 정해서 일상적인 대화나 메신저에서 사용해 보는 것도 좋다. 처음에는 부자연스럽게 느껴질지 몰라도, 꾸준히 습관이 쌓이면 점차 글을 쓸 때 "여기선 이 표현이 적합하겠구나" 하고 자연스레 떠오르게 된다.

■ 어휘력 향상에도 과정이 있다

실제로 많은 연구에서도 "어휘력을 키우는 최고의 방법은 그것을 반복적으로 사용하는 것"이라고 강조한다. 만약 어떻게 써야 할지 막막하다는 생각이 든다면 처음엔 간단한 문장부터 시작해 보자. 예를 들어 '분주하다'라는 단어를 정했으면, "오늘 아침은 출근 준비로 무척 분주했다"처럼 생활 속 상황에 맞춰 표현하는 것이다. 이렇게 조금씩 실천하다 보면 어느새 어렵지 않게 새 단어를 활용하고 있는 자신을 발견하게 될 것이다.

어휘력 향상은 단순한 암기가 아니라 읽고, 기록하고, 반복해서 써보는 과정을 통해 이루어진다.

작은 습관이 쌓여 우리의 언어는 점점 풍성해지고, 그런 언어가 담긴 당신의 글은 다른 사람에게 깊고 풍성한 울림을 줄 수 있을 것이다.

[어휘 노트1]

우리가 사용하는 단어는 '고유어, 한자어, 외래어'로 분류된다. [어휘 노트]를 통해 어떻게 구별하는지 알아보고, 그 외에 알아야 할 우리말 지식을 소개하겠다.

■고유어

우리말에 본디부터 있던 단어나 그것의 바탕을 두어 새로 만들어진 단어를 고유어라고 한다. 다른 말로 '토박이말, 순우리말'이라고도 한다.
다음은 알아두면 좋은 고유어들이다.

시나브로: 모르는 사이에 조금씩
얼개: 어떤 사물이나 조직의 전체를 이루는 짜임새나 구조
갈무리하다: 물건 등을 잘 정리하거나 보관하다.
다온: 좋은 일이 다 오다. 복이 온다.
온새미로: 자연 그대로, 본래의 모습
모꼬지: 놀이나 잔치 또는 그 밖의 일로 여러 사람이 모이는 일
여울: 강이나 바다의 바닥이 얕거나 폭이 좁아 물살이 세게 흐르는 곳
가랑가랑하다: 액체가 많이 담기거나 괴어서 가장자리까지 찰 듯하다.
불그스레: 선뜻하게 조금 붉은 모양.
안다미로: 담은 것이 그릇에 넘치도록 많이
희나리: 채 마르지 않은 장작
여우비: 볕이 나 있는 날 잠깐 오다가 그치는 비
우수리: 물건값을 제하고 거슬러 받는 잔돈
가온누리: 세상의 중심, 세상을 이끄는 사람

Day 015

다산 정약용, 《목민심서》

오직 독서,
이 한가지 일이 위로는 옛 성현을 좇아 함께 할 수 있게 하고,
아래로는 백성을 길이 깨우칠 수 있게 하며,
신명에 통달하게 하고,
임금의 정사를 도울 수 있게 할 뿐 아니라,
인간으로 하여금 짐승과 벌레의 부류를 벗어나
저 광대한 우주를 지탱하게 만드니,
독서야 말로 우리들의 본분이라 하겠다.

Day 016

알베르트 아인슈타인,
〈호기심과 창의성〉

중요한 것은 질문을 멈추지 않는 것이다.

호기심은 그 자체로 존재 이유가 있다.

상상력은 지식보다 더 중요하다.

지식은 한계가 있지만, 상상력은 세계를 아우른다.

어려운 문제를 풀려면, 그것을 단순하게 만들어야 한다.

하지만 너무 단순하게 만들어서는 안 된다.

실수를 하지 않는 사람은 아무것도 시도하지 않는 사람이다.

Day 017

세네카, ⟨시간 관리⟩

인생은 우리에게 주어진 시간이 짧은 것이 아니라,

우리가 그 시간을 낭비하기 때문에 짧게 느껴진다.

많은 이들이 과거를 후회하고 미래를 걱정하면서 현재를 놓친다.

우리에게 부족한 것은 시간이 아니라,

시간을 현명하게 사용하는 능력이다.

오직 한 가지 재산만 빼앗을 수 없으니, 그것은 지식이다.

지식은 삶의 모든 영역을 풍요롭게 한다.

Day 018

에픽테토스, 〈지혜〉

당신이 통제할 수 있는 것은

당신의 생각, 욕망, 혐오, 그리고 당신 자신의 행동뿐이다.

나머지는 당신의 통제 밖에 있다.

외부 상황이나 다른 사람들의 행동에 자존감을 의존시키지 말라.

진정한 자존감은 당신이 통제할 수 있는 것들,

즉 당신의 판단과 행동의 질에서 온다.

다른 사람들이 당신을 어떻게 대하든,

당신은 자신의 내면의 자유와 존엄성을 지킬 수 있다.

오히려 실패와 역경은 자존감을 키우는 기회이다.

자신에게 진실하고, 자신의 원칙에 따라 살 때

진정한 자부심이 생긴다.

Day 019

랄프 왈도 에머슨, 〈자기 신뢰〉

자신을 믿어라,

모든 가슴은 그 자신만의 신성한 가능성을 가지고 맥박치고 있다.

남들과 다르다는 것을 두려워 말라.

오히려 같음을 두려워하라.

당신이 걸어온 길은 아무도 걸어본 적이 없다.

그 길은 당신만의 것이다.

다른 사람들이 당신에 대해 어떻게 생각하는지는

당신의 일이 아니다.

인생에서 가장 큰 선물은 자기 자신을 발견하는 것이다.

Day 020

톨스토이, 《전쟁과 평화》

우리는 영웅이 아니에요.

가끔 그럴 뿐이죠.

우리 모두 약간은 비겁하고 계산적이며

이기적이라서 위대함과는 거리가 멉니다.

우리는 착하면서 동시에 악하고,

영웅적이면서도 비겁하며,

인색하면서도 관대해요.

이 모든 것들이 한 사람 안에 밀접하게 붙어 있습니다.

Day 021

맹자, 《맹자》

사람의 마음속에는

인(仁)과 의(義)의 씨앗이 본래 자리하지만,

무심히 방치하면 그 싹은 쉽게 시들어버린다.

현명한 사람은 스스로 자신의 마음밭을 돌보며,

작은 선(善)이라도 키워 주위를 넉넉하게 만든다.

허물을 뉘우치고 배움에 정진하는 이는 마침내

자신뿐 아니라 이웃까지 이롭게 할 수 있다.

Day 022

헨리 데이비드 소로, 《월든》

나는 새가 아니다.

그 어떤 그물도 나를 가둘 수 없다.

나는 독립적인 의지를 가진 자유로운 인간이며,

나의 의지로 당신 곁을 떠나려 한다.

나는 떠나야만 한다!

내가 아무 의미 없는 존재로 남으리라 생각하는가?

내가 감정 없는 인형이나 기계라고 생각하는가?

내 입술에서 한 조각 빵을 빼앗고,

내 잔에서 생명의 물 한 방울을 쏟아버리려 하는데,

내가 그것을 견딜 수 있다고 생각하는가?

Day 023

레오 톨스토이, 《안나 카레니나》

행복한 가정은 모두 비슷하지만,
불행한 가정은 저마다 다르게 불행하다.
오블론스키의 가정은 온통 혼란에 빠져 있었다.
아내는 남편이 프랑스 출신 가정교사와
밀회하는 것을 알게 되었고,
더 이상 같은 집에서 살 수 없다고 남편에게 선언했다.

Day 024

롤랑 바르트, 《사랑의 단상》

사랑은 끝없이 기다리는 것이다.
사랑은 사랑하는 이에게
"나는 당신을 기다려요" 말하는 순간 현현(顯現)한다.
사랑의 언어는 논리적이지 않다.
단편적이고, 불규칙하며, 때로는 모순적이다.
진정한 사랑은 상대방을 소유하려 하지 않는다.
상대방의 자유와 신비를 존중한다.

사랑의 가장 심오한 역설은
"나는 당신이 당신 자신이기를 원한다"라는 것이다.
상대방의 타자성(他者性)을 없애는 것이 아니라
그것을 인정하고 존중하는 것이다.

Day 025

프랜시스 베이컨, 〈우정〉

좋은 친구는 가장 귀중한 보물이다.
그러나 친구를 얻기 위해서는 먼저 친구가 되어야 한다.
가장 나쁜 고독은 신뢰할 수 있는 친구가 없는 것이다.
친구와의 대화는 마음의 양식이다.
마음을 터놓을 수 있는 한 사람의 진정한 친구가
천 명의 아는 사람보다 더 가치 있다.
참된 우정은 건강과 같아서 그 가치는
잃어버렸을 때에야 비로소 깨닫게 된다.

2장

발전과 변화를 위해 무엇을 노력하는가

나의 운명은,
내가 어떤 사람이 되기로
결심했느냐에 따라 정해진다.

단어 암기가 아닌 활용으로
어휘력을 향상시켜라

'어휘력'이란 어휘를 풍부하게 구사하는 능력이다. 대부분 어휘력 향상을 위한 공부를 할 때 '단어 외우기'부터 시작한다. 단어를 많이 알고 있으면 문장을 이해하거나 표현할 때 수월하기에 단어 외우기는 필수적이다. 하지만 무작정 단어를 암기하면 그 과정이 지루하거나, 아무리 외워도 기억나지 않을 때도 있다.

새로운 단어를 익힐 때 효과적인 두 가지 방법을 소개한다.

첫째, 단어의 의미를 맥락 속에서 연결하여 외운다

예를 들어 '만끽한다'의 사전적 정의는 '충분히 즐긴다'이다. 그러나 이런 정의만으로는 '만끽'의 느낌을 온전히 담아내기 어렵다. 그렇다면 "나는 만개한 벚꽃 아래서 따스한 봄바람을 만끽했다"라는 문장을 읽으면 어떨까? 아마 눈앞에 펼쳐진 풍경, 피부에 닿는 따스한 햇살, 코끝을 스치는 봄꽃 향기까지 떠오르며, 그 단어가 전하는 생생한 감정을 더욱 깊이 이해할 것이다.

단어는 고립된 정보가 아니다. 하나의 단어는 언제나 어떤 상황이나 느낌, 이야기를 품고 있다. 이렇게 단어를 맥락 속에서 익히면 기억도 오래 남는다. 단순히 '만끽한다 = 즐긴다'라고 외울 것이 아니라, 구체적인 상황을 머릿속에서 이미지로 떠올려보자. 이런 과정이 반복되면, 머릿속에 단어의 의미뿐 아니라 단어가 전하는 감정과 분위기까지 깊숙이 자리 잡게 된다.

둘째, 직접 글을 쓰며 단어를 체화하면 강력한 학습이 된다

'몰입한다'라는 단어를 배웠다면, 이 단어를 자신만의 경험으로 연결해 보자. 예를 들어 "좋아하는 책을 읽을 때면 시간도 잊고 완전히 몰입한다" 또는 "좋아하는 음악에 정신없이 몰입했던 저녁이 떠오른다" 같은 문장을 만들어보는 것이다. 이렇게 하면 그 단어는 더 이상 낯설지 않고, 내 삶의 일부로 스며든다.

'일깨운다'라는 공부할 때도 같은 방법을 적용할 수 있다. "친구의 진심 어린 조언이 나에게 중요한 사실을 일깨워주었다" 같은 나만의 짧은 문장을 떠올리고 써 보는 것이다. 실제 경험이나 상황을 통해 단어를 사용하면, 단어는 그 상황의 감정과 함께 마음속 깊이 새겨진다.

이런 식으로 각 단어에 자신만의 이야기를 만들어주면, 단순 암기에서 벗어나 단어의 의미와 뉘앙스를 자연스럽게 이해하게 된다. 출근길의 풍경이나 가족과 함께한 일상적인 순간들 속에서 새로 알게 된 단어를 떠올려 보면, 그 단어가 가진 미묘한 의미와 감정을 더 선명하게 느낄 수 있다.

심리학자들은 이런 '맥락 학습'을 권장한다. 새로운 단어를 접할 때마다 문맥을 주의 깊게 살펴보고, 가능한 한 실제 경험과 연결 지으라는 것이다. 결국, 단어 공부와 글쓰기 연습이 만나는 지점에는 '체화'라는 본질이 있다. 새로운 단어가 내 삶의 일부가 되어 머릿속에 자연스럽게 자리 잡는 순간이다. 오늘 새롭게 알게 된 단어가 있다면, 짧은 문장을 하나만 지어 보자. 그 단어를 다음번에 다시 마주쳤을 때 과거의 감정과 경험이 선명히 떠오르도록 말이다.

[어휘 노트2]

■ 한자어

우리말의 약 70%가 한자어일 만큼 그 비중이 높다. 한자어를 익히면 어휘력이 풍부해지고, 문어체 글쓰기에 도움이 된다. 한자의 의미를 분석하고 유사 단어를 비교하며 직접 문장을 만들어보는 연습을 해보자.

다음은 일상에서 많이 쓰이는 한자어들이다.

기호(嗜好): 어떤 사물을 즐기고 좋아함

결여(缺如): 있어야 할 것이 없거나 모자람

계발(啓發): 슬기나 재능, 사상을 일깨워 발전시킴

개발(開發): 토지나 천연자원을 개척하여 유용하게 만듦

명명(命名): 사람이나 사물, 사건 등의 대상에 이름을 지어 붙임

제재(制裁): 법규나 규칙, 관습의 위반에 대해 제한하거나 금지함

첩경(捷徑): 지름길. 어떤 일을 가장 쉽고 빠르게 하는 방법

의거(依據): 어떤 사실이나 원리에 근거함

위세(威勢): 사람을 두렵게 하여 복종하게 하는 힘

참작(參酌): 이리저리 비추어 보아서 알맞게 고려함

계량(計量): 수량을 헤아림

개량(改良): 나쁜 점을 보완하여 좋게 고침

초래(招徠): 일의 결과로써 어떤 현상을 생겨나게 함

정정(訂正): 글이나 글자의 틀린 곳을 고쳐서 바로잡음

지양(止揚): 더 높은 단계로 오르기 위해 어떤 것을 하지 않음

지향(志向): 어떤 목표로 뜻이 쏠리어 향함 (그 의지나 방향)

Day 026

빅터 프랭클, 《죽음의 수용소에서》

사람은 모든 것을 빼앗길 수 있지만,

자신의 태도를 선택할 마지막 자유는 빼앗길 수 없다.

어떤 상황에서도 우리는 자신의 반응을 선택할 수 있다.

이것이 인간의 존엄성이다.

의미 없는 고통은 견디기 어렵지만,

의미 있는 고통은 견딜 만하다.

인간관계의 어려움도 그것에서 배울 것이 있다면 가치가 있다.

사랑은 타인의 내면적 자아, 그의 본질적 특성을 보는 능력이다.

사랑하는 사람은 상대방의 잠재력을 보고,

그것이 실현되도록 돕는다.

Day 027

루미, 《잠언집》

당신이 찾는 것은 이미 당신 안에 있다.

외부에서 찾지 말고, 내면으로 눈을 돌려라.

당신은 우주만큼 광대하다.

자신의 무한한 가능성을 믿어라.

상처는 빛이 들어오는 곳이다.

실패와 고통을 통해 우리는 더 깊은 지혜와 자존감을 얻는다.

침묵 속에서 영혼의 목소리를 들어라.

매일의 소음 속에서 잊혀진 자신의 본질을 발견하라.

당신은 존재 그 자체로 충분하다.

아무것도 증명할 필요가 없다.

사랑은 모든 종교의 본질이다.

자신과 모든 존재를 사랑하는 법을 배워라.

Day 028

헤르만 헤세, 《데미안》

여름 한낮, 나는 강변의 푸른 초원에 누워
햇살을 받으며 꿀벌들의 노래를 들었다.
멀리서는 시냇물이 졸졸 흐르는 소리가 들려왔고,
하늘에는 흰 구름이 느릿하게 흘러갔다.
나는 그 순간 자연과 하나가 되어 모든 생명의 호흡을 느꼈다.
내 안의 싱크로보시스는 세상의 모든 존재와 연결되어 있었고,
나는 더 이상 홀로 존재하는 개체가 아니라 우주의 일부였다.
이런 순간에 인간은 자신의 본질을 깨닫고,
내면의 신성한 불꽃이 세상의 모든 빛과 하나임을 알게 된다.

Day 029

주자,《대학》

하늘이 부여한 본성은 맑고 편차가 없으나,

인간은 욕망과 편견으로 그 본성을 흐린다.

지나치지도 부족하지도 않은 중간 길을 찾으려면,

매 순간 내면을 살피고 과하지 않은 균형감을 지켜야 한다.

이러한 도를 몸에 익히면, 오랜 혼란도 서서히 밝아지며

사람과 사람 사이의 조화가 싹트게 된다.

Day 030

순자, 《순자》

하늘이 내리는 재앙보다 자신이 만드는 재앙이 더 두렵다.

천재지변은 피할 수 있지만, 자신이 불러온 재앙은 피할 길이 없다.

사람이 자신의 욕망을 다스리지 못하고 마음대로 행동하면,

그 결과는 필연적으로 화를 불러온다.

그러므로 현명한 자는 자신의 욕망을 절제하고,

이성으로 행동을 다스리며, 자연의 이치에 따라 살아간다.

Day 031

공자, 《논어》

군자는 자신의 말이 행동보다 앞서는 것을 부끄럽게 여긴다.

말만 많고 행동이 따르지 않으면 사람들은 신뢰하지 않는다.

말을 적게 하고, 행동을 신속하고, 확실히 하는 사람만이

타인의 진정한 존경과 믿음을 얻는다.

항상 신중히 말하고, 자기 말을 책임질 수 있는 행동을 실천하며,

말과 행동의 괴리를 최소화하는 것이 군자의 길이다.

이런 사람만이 세상의 신뢰를 얻고,

진정한 영향력을 행사할 수 있다.

Day 032

율곡 이이, 《격몽요결》

사람의 마음은 본래 맑고 깨끗하니 마치 밝은 거울과 같다.

그러나 물욕의 티끌이 그 위에 쌓이면 본래의 밝은 빛을 잃게 된다.

그러므로 군자는 항상 자신의 마음을 살피고 성찰하여

물욕의 티끌을 털어내야 한다.

이렇게 하면 본래의 밝은 덕이 회복되고,

인의예지의 도덕이 자연스럽게 드러나게 될 것이다.

Day 033

니코스 카잔차키스,
《그리스인 조르바》

모든 것이 어긋났을 때
영혼의 인내와 용기를 시험하는 것은
얼마나 즐거운 일인가!
신 또는 악마라고 부르는
보이지 않는 강력한 적이
우리를 쳐부수려고 달려오지만,
우리는 부서지지 않는다.

Day 034

쇼펜하우어,
《의지와 표상으로서의 세계》

고통은 존재의 본질이며,

행복은 단지 고통의 일시적인 중단에 불과하다.

인간의 욕망은 결코 완전히 충족될 수 없으며,

욕망이 충족되는 순간 지루함이 그 자리를 대신한다.

이것이 삶의 진자 운동이다.

우리는 욕망과 지루함 사이에서 끊임없이 흔들린다.

진정한 지혜는 욕망으로부터 자유로워지는 것이며,

이를 통해 내면의 평화를 얻을 수 있다.

삶의 고통으로부터 벗어나는 유일한 길은

예술과 명상을 통한 초월이다.

Day 035

헬렌 켈러, 〈희망과 인내〉

혼자서는 할 수 없는 일도 함께하면 가능하다.

인생은 용기 있는 모험이거나, 아무것도 아니다.

세상에 대한 가장 아름다운 것들은 볼 수도, 만질 수도 없다.

그것들은 가슴으로 느껴야 한다.

문이 행복으로 닫힐 때, 다른 문이 열린다.

하지만 우리는 너무 닫힌 문만 바라보느라

새로 열린 문을 보지 못한다.

인내는 쓰지만, 그 열매는 달다.

몰리에르, 《수전노》

돈이 가장 소중한 존재인 사람들에게는
그 외 모든 것이 부차적인 것이 되어버린다.
그들은 명예, 덕, 양심, 친구, 심지어 자기 자신조차도
돈을 얻기 위해 기꺼이 희생한다.
돈을 좇는 자는 결국 그 노예가 되고,
인생의 진정한 행복을 경험할 기회를 놓친다.
왜냐하면 행복은 물질적 소유가 아닌,
사랑, 우정, 그리고 내면의 평화에서 비롯되기 때문이다.

Day 037

윌리엄 워즈워스, 《서곡》

다른 사람을 사랑한다는 것은 신의 얼굴을 보는 것이며,
누군가에게 사랑받는다는 것은
영혼 깊숙한 곳에서 신의 존재를 느끼는 것이다.
사랑만이 우리 마음속의 공허를 채울 수 있으며,
진정한 행복과 충만함을 가져다줄 수 있다.

Day 038

호라티우스, 《송시집》

현명한 자는 내일의 일을 최소한으로 의지하고,
오늘을 최대한 누리며 살아간다.
미래의 날들은 신들의 손에 달려 있으니,
자신의 삶에 만족하는 법을 배워라.
강물이 때로는 평화롭게 바다로 흘러가지만,
때로는 거친 폭풍우에 휩쓸리는 것처럼,
인생도 예측할 수 없으니 오늘의 행복을 소중히 여기고,
슬픔은 담담히 견뎌내라.
내일 무슨 일이 일어날지 묻지 말고,
운명이 주는 날들을 기쁨으로 여겨라.

Day 039

에픽테토스, 《엥케이리디온》

다른 사람들이 당신을 비난하거나 미워한다면,
그것은 그들의 문제이다.
그들은 당신이 아니라 그들 마음속에 있는
당신의 이미지와 관계를 맺고 있다.
당신이 통제할 수 없는 것에 괴로워하지 말라.
타인의 의견은 당신의 통제 밖에 있다.
당신이 다른 사람들에게 맞추려고 애쓴다면,
당신은 길을 잃을 것이다.
당신이 당신의 삶을 살기 위해서는
때로는 다른 사람들을 실망시켜야 할 수도 있다.
오직 당신 자신에게 충실하라.

어휘력이 풍부하다는 건
다양한 무기를 지닌 것과 같다

성인이 되었으면 누구나 어느 정도의 언어적 소통 능력을 갖추고 있으리라 생각하기 쉽다. 그러나 실제 상황을 들여다보면 예상과 다른 장면이 펼쳐진다. 최근 국어교육학회가 성인 약 20만 명을 대상으로 벌인 연구에서 한국 성인의 어휘 정답률이 평균 63%로 집계되었다는 사실은, 우리가 사용하는 언어의 폭이 생각보다 넓지 않음을 알려주는 것이다.

좀 더 구체적으로는 40대 성인이 가장 높은 어휘 정답률을 보였고, 20대가 가장 낮은 점수를 기록했다. 디지털 환경에 익숙한 젊은 층일수록 정보 접근성이 높을 것이라는 일반적 기대와는 반대되는 결과다.

연구는 이러한 현상의 배경으로 두 가지를 꼽았다. **(1)맥락 없는 단어에 대한 이해도가 현저히 낮고, (2)사용 빈도가 낮은 어휘에 특히 취약하다는 점이다.** 맥락이 주어지지 않은 상태에서 단어를 접하면 뜻을 추측하기 어려워지고, 실제 생활에서도 쉽게 활용하지 못한다. 일상에서 접하지 않는 단어들은 기억 속에서 빠르게 사라지기도 쉽다. 어휘력이 풍부하면 언어의 선명도가 올라가지만, 어휘력이 부족하면 말이 흐릿해진다.

어휘력을 끌어올리기 위해 바로 실천할 수 있는 두 가지 방법이 있다.

첫째, 다양한 맥락의 글을 의식적으로 접하라

무엇보다도 여러 분야와 다양한 장르의 글을 가능한 한 꾸준히 읽는 습관이 중요하다. 책, 신문, 잡지, 칼럼, 에세이 등 특정 장르에 편중되지 않도록 노력하면 좋다. 필사를 하는 분들이라면, 평소 잘 읽지 않던 분야를 골라 한 문단 혹은 한 페이지씩 옮겨 적는 방식을 시도해 볼 수 있다. 이를테면 평소에는 문학작품 위주로 필사해 왔다면, 이번에는 과학 칼럼이나 사회 평론의 일부를 필사해 보는 것이다.

이 과정에서 중요한 것은 '그냥 스쳐 지나가지 않는 태도'다. 낯선 단어나 표현을 만나면 밑줄을 그어 표시하고, 그 앞뒤 맥락을 주의 깊게 살펴보자. 다시 곱씹어 읽어본 뒤, 이를 필사로 옮길 때에도 마치 그 문장을 처음 쓰는 사람이라는 마음으로 정성껏 적어 보면 좋다. 이렇게

맥락 속에서 글을 필사하면 단어가 쓰인 상황, 함축된 느낌, 글쓴이의
의도 등을 종합적으로 이해하게 되어 기억이 훨씬 오래간다.

둘째, '어휘 의식'을 키워나가라

어휘 의식이란, 일상에서 마주치는 단어와 표현을 '그냥 지나치지
않는' 적극적 태도를 말한다. 하루 한 단어씩 새롭게 발견하고, 그 뜻을
정확히 확인한 뒤 직접 예문을 만들어 보는 식이다. 만약 필사책을 활
용 중이라면, 옮겨 적은 문장 안에서 눈에 띄거나 잘 몰랐던 어휘를 골
라 별도로 메모하는 방식을 추천한다. 그 옆에 간단히 사전을 찾아본
내용을 덧붙이고, 스스로 지은 짧은 문장 예시를 적어두면 더욱더 효
과적이다.

이 작업을 매일 이어가다 보면, 그날그날 적어둔 단어들이 쌓이게 된다.
그러다가 일상 대화나 글쓰기에 비슷한 상황이 떠오를 때, 어느새 그 단어
가 머릿속에서 자연스럽게 되살아나는 경험을 하게 된다. 특히 사용 빈도
가 낮아 어렵게 느껴졌던 단어일수록, 의식적으로 반복 노출하고 메모하
여 장기 기억에 안착시켜야 한다.

[어휘 노트3]

■ 외래어

다른 나라에서 사용 중인 말을, 발음을 살려 우리말처럼 사용하는 말이다. 예를 들어 커피, 버스, 인터넷, 게임 등이 있다. 대부분의 외래어는 영어에서 기원했으나 독일어, 일본어, 프랑스어 등 다양한 언어권에서 유입된 외래어도 있다.

다음은 일상에서 많이 쓰이지만, 그 뜻이 헷갈리는 외래어들이다.

스펙트럼(Spectrum): 어떤 특정 분야에 대한 범위나 정도

메커니즘(Mechanism): 어떤 구성 요소들의 상호 작용에 의해 이뤄지는 시스템이나 구조

알고리즘(Algorithm): 어떤 문제의 해결이나 목표 달성을 위해 수행하는 절차나 과정 (방법도 포함된다.)

매너리즘(Mannerism): 틀에 박힌 방식이나 태도를 보임으로써 신선함과 독창성을 잃는 것

카타르시스(Catharsis): 불안이나 우울, 긴장 등 부정적인 감정을 표출하여 마음이 풀리는 것

카리스마(Charisma): 많은 사람들을 휘어잡아 순종하게 하는 능력이나 자질

언박싱(Unboxing): 상자 속 제품을 보여주며 유튜브 같은 동영상 플랫폼에 공유하는 과정 (제품에 대한 자세한 설명과 시연이 포함된다.)

Day 040

마키아벨리, 《군주론》

인간의 마음을 얻는 방법은 두 가지이다.

하나는 사랑으로, 다른 하나는 두려움으로 이끄는 것이다.

그러나 사람들은 자신에게 해를 끼친 사람을 잊을 수는 있어도,

자신을 도와준 사람을 쉽게 잊는 경향이 있다.

사람들은 기본적으로 자신의 이익을 최우선으로 생각한다.

당신에게 의무감을 느끼는 사람보다,

당신에게 빚진 것이 있다고 생각하는 사람을 더 조심해야 한다.

은혜를 베풀 때는 조금씩, 자주 베풀어라.

이렇게 하면 그 감사함이 오래 지속된다.

다른 사람의 말보다 행동을 더 주의 깊게 관찰하라.

말은 쉽게 변하지만, 행동은 그 사람의 진정한 의도를 보여준다.

Day 041

니체,
《차라투스트라는 이렇게 말했다》

삶의 고통은 우리를 성장시키는 양분이다.

자신의 내면에 있는 혼돈의 별들을 질서 있게 조직할 수 있을 때,

비로소 자신만의 춤추는 별을 가질 수 있다.

참된 고귀함은 자신을 넘어서는 것에서 온다.

나는 너희에게 초인을 가르친다.

인간은 극복되어야 할 그 무엇이다.

너희는 그것을 극복하기 위해 무엇을 해왔는가?

모든 존재는 지금까지 자신을 넘어서는 무엇인가를 창조해 왔다.

그런데 너희는 이러한 큰 조수의 썰물이 되기를 원하는가?

Day 042

몽테뉴, 《수상록》

철학이란 죽음을 준비하는 법을 배우는 것이다.
우리는 죽음을 두려워하지만,
삶의 의미를 찾기 위해서는 죽음을 이해해야 한다.
인간은 자신의 지식에 대해 너무 자신감을 갖지만,
우리가 아는 것보다 모르는 것이 훨씬 많다.
지혜란 자신의 무지를 인정하는 것에서 시작된다.
우리의 의견은 바람과 같이 변하고, 구름처럼 흩어진다.
그러니 확실한 것처럼 보이는 것조차도
의심하고 검토해야 한다.

Day 043

다산 정약용, 《목민심서》

나의 삶은 평생 순탄치 않았다.

벼슬에 올라서는 많은 사람들의 시기와 질투를 받았고,

서학을 공부했다는 이유로 유배되었다.

18년의 유배 생활 뒤에는 나의 부활을 저지하는 사람들 때문에

벼슬도 못하고, 고향에 머물며 여생을 보냈다.

그러나 나는 용기를 잃지 않았다.

모진 풍파 속에서도 굳건하게 서 있는 모습을 보고

두 아들도 용기를 내길 바랐다.

DATE   .   .

Day 044

제인 구달, 《희망의 이유》

___

만약 우리가 인간과 동물에 대한 잔혹함을
사랑과 연민으로 극복할 수만 있다면,
우리는 인류의 도덕적, 정신적 진화의
새로운 시대 문턱에 서게 될 것이다.
그리고 마침내 우리만의 가장 고유한 품성인
인간성을 깨닫게 될 것이다.

Day 045

리처드 파인만,
《파인만의 물리학 강의》

자연 전체를 구성하는 각각의 부분은

언제나 완전한 진리에 이르는 한 가지 근사치에 불과하다.

우리가 아는 완전한 진리란 결국 근사치일 뿐이다.

실제로 우리가 아는 모든 것은 일종의 근사에 불과합니다.

아직 모든 법칙을 알고 있지 못하다는 것을

우리가 알고 있기 때문입니다.

따라서 어떤 것에 대해 배운다는 것은

언젠가 그것을 다시 잊기 위해 배워두는 것에 지나지 않는다.

모든 지식의 시험 기준은 실험이다.

실험만이 과학적 진리의 유일한 심판자다.

Day 046

아리스토텔레스,
《니코마코스 윤리학》

덕(德)이란 습관의 산물이다.
우리가 선한 행위를 반복하면
그 행위가 몸에 배어 선한 인격이 형성된다.
훌륭한 삶은 기발한 재능이나
우연한 운명으로 이루어지는 것이 아니라,
매일의 작지만 분명한 실천을 통해 완성된다.
덕은 실천 속에서 꽃피운다.

Day 047

노자, 《도덕경》

천하에 도(道)가 행해지면

달리는 말들이 거름을 실어 나른다.

천하에 도가 없으면

전쟁의 말들이 교외에서 길러진다.

재앙보다 더 큰 화는 없고,

족함을 알지 못하는 것보다

더 큰 허물은 없다.

만족할 줄 아는 것의 만족함보다

더 큰 행복은 없다.

그러므로 족함을 알면, 항상 족하다.

Day 048

단테, 《신곡 : 지옥편》

나를 거쳐서 황량의 도시로 들어가리라.
나를 거쳐서 영원한 슬픔으로 들어가리라.
나를 거쳐서 버림받은 자들 사이로 들어가리라.

나의 창조주는 정의로 움직이어
전능한 힘과 한량없는 지혜,
태초의 사랑으로 나를 만들었다.

나 이전에 창조된 것은 영원한 것뿐이니
나도 영원히 존재하리라.
이곳에 들어오는 자, 모든 희망을 버릴지어다.

DATE . .

Day 049

찰스 디킨스, 《두 도시 이야기》

최고의 시절이었고, 또한 최악의 시절이었다.
지혜의 시대였고, 어리석음의 시대였다.
믿음의 시대였고, 불신의 시대였다.
빛의 계절이었고, 어둠의 계절이었다.
희망의 봄이었으며, 절망의 겨울이었다.

우리는 모든 것을 갖고 있었지만,
동시에 아무것도 갖고 있지 않았다.
우리 모두는 천국을 향해 가고 있었으며,
또한 그 반대의 길로도 가고 있었다.

한마디로 그 시대는 너무나 지금과 닮아서
가장 목소리 큰 이들은 좋든 나쁘든 오직
최상급의 비교로만 시대를 평가하려 했다.

Day 050

장 지오노, 《나무를 심은 사람》

한 사람이 참으로 보기 드문 인격을 지녔는지 알기 위해서는
여러 해 동안 그의 행동을 관찰할 수 있는 행운을 가져야 한다.
그 사람의 행동이 온갖 이기심에서 벗어나 있고,
그 사람의 행동을 이끄는 생각이 더없이 고결하며,
아무런 보상도 바라지 않고 이 세상에 뚜렷한 흔적을 남겼다면,
우리는 틀림없이 잊을 수 없는 한 인격을 만났다고 할 수 있다.

3장

나답게 살고 싶다면
치열한 삶을 추구하라

고난을 겪지 않는 사람보다
불행한 사람은 없다.
그는 자신을 증명할
기회가 없기 때문이다.

어휘가 열어 주는
더 넓은 세계를 만나라

어휘력은 단지 말이나 글을 세련되게 만들기 위한 도구가 아니다. 이는 곧 우리의 사고 범위와 감정 표현의 스펙트럼을 확장하는 열쇠다. 낯선 단어나 표현을 익혀 가는 일은 그 자체로 새로운 세계의 문을 여는 것과 같다. 우리는 더 풍부한 언어를 통해 타인의 생각을 깊이 이해하고, 자기 내면을 한층 정제된 형태로 드러낼 수 있게 된다.

무엇보다 필사를 포함한 모든 공부 과정은 '지속성'이 관건이다. 맥락 속에서 글을 읽고, 매일 작은 분량이라도 필사하면서 관심 있는 단어를 찾아내고, 그것을 반복해서 살펴보는 습관이 쌓이면, 어느 순간 문장과 단어가 훨씬 친숙하게 다가온다. 이러한 변화는 하룻밤에 이뤄지지 않지만, 소리 없이 서서히 이뤄지는 만큼 그 뿌리가 매우 튼튼하다.

결국 꾸준히 글을 옮겨 적고, 새로 배운 단어에 '의식'을 기울여 내 것으로 만드는 일은 분명한 결실을 본다. 그 과정에서 우리는 어휘력이 단순한 지식을 넘어 삶과 세계를 더욱 섬세하고 깊이 있게 바라보도록 돕는 강력한 도구임을 체감하게 될 것이다. 그리고 그 문을 여는 시작은 바로 '하루 한 문장, 한 단어 필사'라는 작은 실천에서 비롯된다.

다음은 필사와 함께 실천할 수 있는 어휘력 향상 팁이다. 물론 필사를 중심에 두되, 다음과 같은 실천 팁을 곁들여 보면 더욱 효과를 높일 수 있다.

■ 필사와 함께하는 어휘력 향상 팁

(1) 주제별 필사 노트

매일 아무 글이나 필사하기보다는 '특정 주제'를 정해두고 모음집을 만들듯이 노트를 꾸리는 것도 좋다. 예컨대 '자연 과학' 편, '인문학' 편, '사회·문화' 편 식으로 분류하여 각 분야의 글을 옮겨 적고, 그 안에서 발견한 핵심 어휘나 흥미로운 표현을 함께 기록하는 것이다. 이렇게 하면 하나의 주제를 깊이 파고들면서도 분야별로 전혀 다른 어휘 체계를 비교적 쉽게 익힐 수 있다.

(2) 말로 따라 읽기와 녹음하기

필사할 때 머리로만 외우는 것이 아니라 입으로 따라 읽는 과정을 덧붙여 보자. 낯선 표현을 여러 번 소리 내어 말해 보고, 가능하다면 스마트폰 녹음 기능을 이용해 자신이 읽는 소리를 다시 들어볼 수도 있다. 눈과 손, 귀와 입을 함께 활용하는 학습은 기억에 훨씬 오래 남는다.

(3) 활용 글 써보기

필사한 문장 속에서 배운 어휘나 인상 깊었던 표현을 조금씩 변형해 간단한 '활용 글'을 작성해 보자. 길지 않아도 좋다. 예를 들어 필사한 원문에서 "봄바람이 불어오니 마음이 한결 가벼워진다"라는 문장을 옮겨 적었다면, 이에 영감을 받아 "봄바람은 무심히 지나가지만, 어느새 나를 한층 부드러운 사람으로 만들어 준다" 같은 짧은 문장을 직접 써본다. 이 작은 시도가 언어적 표현력을 확장하는 데 큰 도움이 된다.

(4) 주기적 복습과 관찰하기

매일 새로운 내용을 필사하고 지나가기만 해서는 효과가 반감되기 쉽다. 일주일에 한 번 정도 스스로 적어놓은 필사 노트와 어휘 메모를 돌아보는 시간을 가져보자. '아, 이 단어는 이런 뜻이었지' 하고 되새기면서 아직 확실히 익히지 못한 표현이나 이해가 잘 안된 부분을 발견하면 다시 살펴본다. 이 과정을 꾸준히 반복하면, 무심코 적어두었던 단어들까지 점차 자기 것으로 만들 수 있다.

■필사를 통해 얻을 수 있는 장점

필사는 단순한 베껴 쓰기가 아니라, 그 문장의 의미를 이해하고 '자기 것'으로 만드는 과정이다. 내 손으로 직접 종이에 쓰는 필사는 우리에게 큰 도움을 준다. 단순히 따라 쓰는 것처럼 보이지만, 정서적 안정은 물론 자기 성장을 이룰 수 있다.

다음은 필사를 통해 얻을 수 있는 장점들이다.

① 기억력이 향상된다.

필사 과정에서 뇌가 적극적으로 정보를 처리해 오랫동안 기억한다.

②집중력이 강화된다.

한 문장씩 쓰면서 자연스럽게 집중하게 되어 잡념이 사라진다.

③문해력과 어휘력이 향상된다.

문장을 쓰면서 그 문장의 구조, 표현 방법, 어휘 등을 익힐 수 있다.

④ 마음의 안정을 얻는다.

필사를 통해 명상처럼 마음이 차분해지고, 정서적으로 안정이 된다.

⑤스트레스가 해소된다.

좋은 문장을 따라 쓰며 감정이 정돈되고, 치유감을 느낄 수 있다.

중요한 것은 꾸준한 실천이다. 한 문장씩 집중해 읽고, 천천히 필사하는 시간이 쌓이면, 지적 성장과 사고력을 함께 키울 수 있다.

Day 051

샬럿 브론테, 《제인 에어》

우리에게 주어진 시간이 짧은 것이 아니라,

우리가 그 시간을 너무 많이 낭비하는 것이다.

인생은 충분히 길며,

가장 위대한 성취를 이루기에 넉넉한 시간이 주어져 있다.

그러나 우리가 그 시간을 무심한 사치와 무익한 일에 써버릴 때,

결국 죽음이라는 최후의 제약 앞에서야

비로소 시간이 지나갔음을 깨닫게 된다.

Day 052

톨스토이, 《안나 카레니나》

삶이 곧 모든 것이다.

삶은 곧 신이다.

모든 것은 변화하고 움직이며, 이 움직임이 바로 신이다.

그리고 생명이 있는 한 자신의 내면에

신성이 있다는 것을 깨닫는 기쁨이 존재한다.

삶을 사랑하는 것은 곧 신을 사랑하는 것이다.

모든 것보다 어렵고 축복받은 일은

고통 속에서 삶을 사랑하는 것이다.

합당하지 않은 고통, 죄 없는 고통 속에서도

삶을 사랑하는 것이야말로 가장 어렵고,

가장 숭고한 사랑이다.

Day 053

버지니아 울프, 《등대로》

가장 강력한 두 전사는 인내와 시간이다.

인내는 견디고, 기다리고, 버티는 능력이다.

시간은 궁극의 심판자, 최종 판결자다.

이 둘이 함께라면 어떤 장애물도 극복할 수 있고,

어떤 역경도 이겨낼 수 있다.

하지만 그것들은 믿음과 신뢰, 그리고 놓아주는 의지를 요구한다.

놓아줌으로써 우리는 힘을 찾고, 힘 속에서 승리를 얻는다.

Day 054

괴테, 〈행동과 성장〉

아는 것으로는 충분하지 않다.

적용해야 한다.

원하는 것으로는 충분하지 않다.

행동해야 한다.

우리의 가장 큰 기쁨은 새로운 것을 배우고 성장하는 데 있다.

자신을 아는 것이 모든 지혜의 시작이다.

모든 이론은 회색빛이지만, 생명의 황금 나무는 영원히 푸르다.

우리가 젊었을 때 믿었던 것이

노년에 와서는 우스꽝스럽게 느껴질 수 있다.

Day 055

맹자, 《맹자》

사람의 본성이 선하다는 것은 물이 아래로 흐르는 것과 같다.

사람은 모두 선한 마음을 가지고 있다.

단지 그것을 잃어버렸을 뿐이다.

무릇 사람의 마음은 의로움을 보면 기뻐하고,

불의를 보면 미워하는 것이다.

이는 마치 눈이 아름다운 색을 좋아하고,

귀가 좋은 소리를 좋아하는 것과 같이

본성에서 나오는 것이다.

Day 056

순자, 《순자》

인간은 본래 이기적 욕망에 치우치기 쉽기에
예(禮)와 법(法)을 통해 자신을 다듬어야 한다.
소나 말도 길들여야 유용해지듯,
사람의 마음 또한 교육과 규율로써 다스리지 않으면 방종해진다.
자신의 한계를 인식하고 학문과 예의를 배워나갈 때,
그제야 인격은 날카로운 돌을 갈아 반듯하게 다듬듯 맑아진다.

Day 057

손자, 《손자병법》

적을 알고 나를 알면 백 번 싸워도 위태롭지 않다.
인간관계에서도 마찬가지다.
상대방을 이해하고 자신을 이해할 때
갈등을 효과적으로 관리할 수 있다.
전쟁에서 최고의 승리는 싸우지 않고 이기는 것이다.
인간관계에서도 불필요한 갈등을 피하고
상호 이해를 통해 평화를 유지하는 것이 현명하다.
적의 계략에 말려들지 말고, 자신의 태세를 유지하라.
다른 사람의 감정적 반응에 휘둘리지 말고,
자신의 평정심을 지키는 것이 중요하다.

Day 058

발타자르 그라시안,
〈세련된 침묵의 힘〉

침묵은 무언의 권력이다.

침묵하는 자는 상대의 생각을 지배한다.

지혜로운 사람은 말을 많이 하지 않는다.

말을 적게 하면 말의 무게가 무거워지고,

침묵을 통해 상대의 상상력을 자극할 수 있다.

당신이 생각을 모두 드러내지 않으면,

사람들은 당신을 신비로운 존재로 생각하고 호기심을 느낀다.

침묵으로 자신을 지켜라.

이것이 바로 존중받는 기술이다.

Day 059

플라톤, 《향연》

사랑은 아름다움과 선함을 향한 영혼의 갈망이다.

그것은 단순한 육체적 욕망을 넘어,

영원한 진리와 아름다움을 추구하는 정신적 여정이다.

진정한 사랑은 사다리와 같아서,

우리는 먼저 하나의 아름다운 육체를 사랑하고,

그다음에는 모든 아름다운 육체를,

그다음에는 아름다운 행동과 법을,

그다음에는 아름다운 지식을,

마침내는 절대적 아름다움 자체를 사랑하게 된다.

사랑은 우리를 불완전한 상태에서

완전한 상태로 이끄는 원동력이다.

우리는 모두 우리의 다른 반쪽을 찾고 있으며,

그것을 찾았을 때 비로소 온전해진다고 느낀다.

Day 060

마키아벨리, 《군주론》

군주는 자신의 행동에서 위대함, 용기,

진지함, 강인함을 보여주어야 한다.

그의 판단은 돌이킬 수 없는 것으로 여겨져야 하며,

아무도 그를 속이거나 교묘히 조종할 수 있다고 생각해서는 안 된

다. 이러한 평판을 얻은 군주는 크게 존경받을 것이다.

그러므로 군주는 자신을 반대하는 세력들에 대항하여

자신을 방어할 만큼 강하거나,

또는 적들이 그를 공격하지 못하도록 할 만큼 존경받아야 한다.

군주는 사랑받기보다 두려움을 주는 편이 낫다.

사랑과 두려움을 모두 유지하기 어렵다면,

사람들은 사랑하는 자보다 두려워하는 자를

배신할 가능성이 적기 때문이다.

Day 061

쇼펜하우어, 〈삶의 지혜〉

우리의 행복은 우리가 무엇을 가졌는가가 아니라,

우리가 무엇인가에 달려 있다.

외적인 성공이나 물질적 풍요가 아닌,

내면의 풍요로움이 진정한 자존감의 원천이다.

대중의 의견에 너무 많은 가치를 두지 말라.

그것은 변덕스럽고 일시적이다.

당신 자신의 판단과 양심에 따라 살아라.

고독을 두려워하지 말라.

자신과 잘 지내는 법을 배울 때,

당신은 진정한 자유와 자존감을 얻게 된다.

우리 각자는 우리 자신의 세계 속에 살고 있다.

다른 사람들이 당신을 어떻게 보는지보다,

당신이 자신을 어떻게 보는지가 더 중요하다.

자신을 알고, 자신의 한계를 받아들이되,

자신의 가치를 잊지 말라.

이것이 지혜로운 삶의 시작이다.

Day 062

안톤 체호프, 《갈매기》

제가 바라는 것은 명성도 영예도 아닙니다.
저는 자연의 심장부에 숨어 있는 힘이 무엇인지,
인간이라는 존재의 영혼이 어디에서 비롯되는지
이해하고 싶을 뿐이에요.
제가 글을 쓰는 이유는 환호를 바라서가 아니라,
이 세상에 숨어 있는 진실을 알고자 하는
탐구심 때문입니다.

Day 063

헤르만 헤세, 《싯다르타》

지식은 전해줄 수 있지만,
지혜는 전해줄 수 없다.
지혜란 사람들이 스스로 깨닫는 것이다.
사람들은 삶을 통해 지혜를 체득할 수 있고,
지혜로 인해 행실에 영향을 받을 수 있다.
지혜를 통해 놀라운 일을 할 수는 있지만,
말로 표현하거나 가르칠 수는 없다.

Day 064

홍자성, 《채근담》

가정을 잘 지키고 다스리는 것에 대한 두 가지 훈계의 말이 있다.

첫째, 너그럽고 따뜻한 마음으로 집안을 다스려야 한다.

또한 정이 골고루 미치면 아무도 불평하지 않는다.

둘째, 낭비를 삼가고 절약해야 한다.

그래야만 식구마다 아쉬움이 없다.

일상에서 낯선 단어와
직접 쓴 문장을 활용하라

일상에서 가끔 어떤 단어들이 자연스럽게 떠오르지 않아 곤란했던 기억이 있지 않은가? 어휘력을 늘리고자 아무리 단어를 외워도 결국 중요한 건 '어떻게 써먹을지'를 몸소 익히는 과정이다.

다음의 세 가지 단계를 통해 어떻게 단어를 활용하는지 알아보자.

1단계: 낯선 단어 3개 선정하기

생소하고 낯선 단어 3개를 골라보자. 가령 신문 기사에서 마주친 **'가시적'**, 업무 서류에서 발견한 **'추상적'**, 그리고 교양 도서에서 새롭게 알게 된 **'가변적'** 3개의 단어를 예로 들겠다. 먼저 사전을 통해 각 단어의 기본 정의를 확인한다. 이 과정을 통해 '가시적'이 '눈에 보이거나 뚜렷이 드러나는', '추상적'이 '직접적으로 표현되지 않고 관념적·추론적인', '가변적'이 '변화하기 쉬운 성질을 가진'이라는 뜻임을 확인할 수 있다.

2단계: 간단한 문장 만들기

이제 각 단어의 예문을 한 문장씩 만들어보자. 이때 가능하면 상황이나 맥락을 구체적으로 넣어, 그 단어가 자연스럽게 쓰이도록 구성한다.

"이 프로젝트는 가시적 성과가 필요해서, 이번 분기 안에 수치를 제시해야 한다."

"이 에세이는 너무 추상적이어서 독자가 전체 맥락을 잡기 힘들 수 있다."

"시장 환경이 가변적이기 때문에, 우리는 유연한 전략을 세울 필요가 있다."

이처럼 스스로 문장을 만들어보면, 낱말과 그 의미를 다시금 되새길 수 있다.

3단계: 전혀 다른 맥락으로 변주하기

이제 동일한 단어를 전혀 다른 장면이나 상황에도 적용해 본다. 예를 들어 '추상적'은 업무 문서가 아닌 일상 대화에서 다음처럼 활용할 수 있다.

"그 사람 이야기 방식이 너무 추상적이라서, 대체 무슨 뜻인지 한참

고민했어.”

　이렇게 변주 연습을 하다 보면, 단어의 쓰임새를 폭넓게 파악하게 된다.

　이렇듯 '가시적', '추상적', '가변적'처럼 성격이 다른 단어를 예시로 드러내면, 각 단어가 쓰이는 실제 맥락이 더 다채로워진다. 비슷한 방식으로 일상과 업무 사이를 오가며 문장을 구성해 볼 수 있다.

　스스로 만든 예문이 실제로 적절한지 확인해 보고 싶다면, 주위 사람에게 간단한 피드백을 구해볼 수 있다. 동료나 친구에게 이 문장이 어색하게 느껴지지 않았는지 질문해 보자. 온라인 게시판이나 스터디 그룹을 활용해 "내가 쓴 문장에 부족한 점이 있는지" 의견을 묻는 것도 좋다. 물론 피드백 과정 자체가 번거로울 수 있지만, 한두 번만 해봐도 내가 어떤 부분에서 단어 사용이 서툰지 금방 깨닫게 된다.

[어휘 노트4]

말의 어원을 찾는 것은 그 말뜻을 이해하고 사용하는 데 도움이 된다. 흔히 영어 학습법으로 알려진 '어원 탐구'는 사실 국어 어휘를 배우는 데 유용하다. 우리말에는 한자어가 섞여 있고, 순우리말이나 외래어에서 유래한 표현도 많아서다.

말의 어원을 살핌으로써 어떻게 어휘력을 높일 수 있는지 알아보자.

■ 한자어 어원

가령 한자어 '사랑 애(愛)'가 포함된 단어들에는 '연애(戀愛), 애정(愛情), 동정애(同情愛)' 등이 있다. 이때 해당 단어 각각의 의미를 외우지 말고, 애(愛)에 담긴 정서, 즉 '인간이 다른 대상에게 품는 깊은 감정'이라는 맥락을 중심 삼으면 단어들을 통째로 익힐 수 있다.

■ 순우리말 어원

순우리말의 어원을 찾다 보면 뜻밖의 유래와 함께 감동을 얻기도 한다. 예를 들어 '어리다'라는 말은 현재 '나이가 적다'라는 뜻이지만, 과거에는 '슬프다'라는 의미를 담았다. 이는 옛 문헌 속에서 '눈물이 어린다', '슬픔이 어리다' 같은 표현에서 알 수 있다. 이러한 언어적 배경을 알게 되면, 동사 '어리다'를 볼 때마다 그 안에 흐르는 정서적 결을 생생하게 느낄 수 있다.

어원을 토대로 연관 어휘를 살펴보고, 더 나아가 스스로 새로운 단어를 만들거나 기존의 말을 재해석하는 연습을 한다면, 어휘력 향상은 물론 한국어에 대한 시각이 훨씬 넓어질 것이다.

Day 065

마르쿠스 아우렐리우스, 《명상록》

다른 사람의 잘못은 그대로 두고,
자신의 잘못만을 고치는 데 집중하라.
바깥 세상을 바꿀 수는 없지만,
그것을 바라보는 방식은 바꿀 수 있다.
우리를 괴롭히는 것은 사건 자체가 아니라,
그 사건에 대한 우리의 생각이다.
아침에 일어날 때 생각하라. 오늘 나는 간섭하는 사람,
감사할 줄 모르는 사람, 무례한 사람을 만날 것이다.
그들이 그런 이유는 그들이 선과 악을 모르기 때문이다.
그러나 나는 선과 악의 본질을 보았고,
잘못을 저지르는 자의 본성이 나와 동족임을 알고 있다.
우리는 같은 이성과 신성한 씨앗의 일부를 공유하고 있다.

Day 066

몽테뉴, 《수상록》

우리 각자는 인간 본성의 완전한 형태를 지니고 있다.

각자의 삶은 우주의 거울이다.

다른 사람들과 비교하지 말고, 자신만의 삶의 가치를 발견하라.

완벽한 인간은 없다.

모든 사람은 약점과 결함을 가지고 있다.

중요한 것은 그러한 불완전함 속에서도

자신을 사랑하는 법을 배우는 것이다.

자신을 너무 심각하게 생각하지 말라.

자신의 어리석음과 실수를 웃어넘길 수 있는 여유가 필요하다.

삶은 너무 짧고 불확실하므로,

우리는 매 순간을 충실하게 살아야 한다.

자기 자신에게 진실하되,

자신을 너무 엄격하게 판단하지 말라.

Day 067

버트런드 러셀, 〈행복의 정복〉

자기 존중 없이는 진정한 행복이 있을 수 없다.

자기 존중은 두 가지 요소로 구성된다.

자신에 대한 확신과 자신의 가치에 대한 확신이다.

타인의 인정에 의존하지 않는 내적 안정감이 중요하다.

우리는 자신의 한계를 인정하면서도, 자신의 가능성을 믿어야 한다.

자존감은 자신을 과대평가하는 것이 아니라,

있는 그대로의 자신을 수용하고 사랑하는 것이다.

실패와 좌절은 인생의 일부이며, 그것들을 통해 우리는 성장한다.

자신의 약점을 부끄러워하지 말고, 그것을 개선하기 위해 노력하라.

그러나 동시에 자신의 장점과 성취를 인정하고 자랑스러워하라.

Day 068

미하엘 엔데, 《모모》

사람들은 시간을 절약하면서

그 대신 무언가를 잃고 있다는 사실을 전혀 깨닫지 못했다.

누구도 삶이 갈수록 더욱 빈곤해지고 황량해지며

단조로워지고 있음을 인정하려 하지 않았다.

이 사실을 가장 예민하게 느낀 것은 아이들이었다.

이제 아무도 아이들을 위해 시간을 내주지 않았기 때문이다.

그러나 시간은 삶 그 자체이고,

삶은 인간의 가슴속에 깃들어 있다.

그리고 사람들은 시간을 아끼면 아낄수록

오히려 가진 시간이 더 적어졌다.

Day 069

베르길리우스, 《아이네이스》

운명은 용감한 자를 돕는다.

기억하라, 로마인이여.

너의 기술은 민족들을 통치하는 것이다.

평화의 관습을 세우고, 정복된 자들에게 관대하며,

교만한 자들에게는 전쟁으로 복종을 가르치는 것이다.

비록 지금은 암흑 속에 있을지라도,

장차 우리의 후손들은 빛나는 별이 될 것이다.

적들에게 둘러싸이고 재앙에 처했을 때도,

로마의 운명을 생각하며 희망을 잃지 말라.

위대한 시련을 통해 위대한 영광에 이른다.

DATE   .   .

Day 070

아리스토텔레스,
《니코마코스 윤리학》

탁월함은 한 번의 행동이나 하루아침에 이루어지는 것이 아니라,

평생에 걸친 노력의 결과이다.

우리는 한 번의 제비를 보았다고 해서

봄이 왔다고 말하지 않으며,

하루가 따뜻하다고 해서 봄이 왔다고 말하지 않는다.

마찬가지로 하루나 짧은 시간 동안

행복하고 복된 사람이 된다고 해서

진정으로 행복한 것은 아니다.

행복은 덕에 따른 영혼의 활동이며,

완전한 삶 속에서 실현된다.

Day 071

플라톤, 《국가》

정의로운 국가란 무엇인가?

각 계층이 자신의 역할을 충실히 수행하는 국가이다.

통치자는 지혜로, 수호자는 용기로, 생산자는 절제로

각자의 미덕(美德)을 발휘해야 한다.

이 세 계층이 조화를 이룰 때 정의가 실현된다.

철학자가 통치하지 않는 한, 국가에 정의는 없다.

철학자만이 진리와 선의 이데아를 인식할 수 있어서다.

철인(哲人)왕은 지식과 덕을 겸비하여 국가를 이끌 수 있다.

철학 없는 권력은 폭정으로 변질되고,

권력 없는 철학은 무력하게 된다.

이상 국가를 실현하려면

지혜, 용기, 절제, 정의 네 가지덕목이 필요하다.

Day 072

한비, 《한비자》

군주는 신하들의 말이 아닌 행동을 보아야 한다.

말은 꾸며낼 수 있지만 행동은 속일 수 없기 때문이다.

그러므로 현명한 군주는 신하의 말을 듣고

그 행동을 살펴 공과(功過)를 논한다.

오늘날의 통치자들은 신하들의 말만 듣고

그들의 행동을 살피지 않으니

이것이 속임을 당하는 이유이다.

법(法)과 술(術)을 겸비한 군주만이 천하를 다스릴 수 있다.

Day 073

헤밍웨이, 《노인과 바다》

바다는 짙은 청록색이었으며, 햇빛을 받아 수정처럼 반짝였다.

하늘에 펼쳐진 구름들은 무역풍에 의해 만들어진 누적 적운이었고,

그 너머로 맑고 깊은 파란 하늘이 펼쳐져 있었다.

노인의 작은 배는 해류를 따라 천천히 움직였고,

바다 속에서는 수많은 생명체들이 그들만의 세계를 이루고 있었다.

때때로 날치가 물 위로 튀어 올라 은빛 번쩍임을 남기곤 했다.

멀리서는 돌고래들이 물결을 가르며 뛰어놀았고,

바다의 깊은 곳에는 거대한 청새치가 그림자처럼 유영하고 있었다.

이 바다는 노인에게 삶 그 자체였다.

Day 074

공자, 《논어》

계로가 스승 공자에게 물었다.
"귀신을 섬긴다는 것이 무엇입니까?"

공자가 대답했다.
"산 사람도 능히 섬기지 못하면서 어찌 귀신을 섬긴단 말이냐?"

계로가 다시 물었다.
"그러면 죽음이란 무엇입니까?"

공자가 다시 대답했다.
"삶도 아직 모르는데 어찌 죽음을 알겠느냐?"

Day 075

마더 테레사, 〈사랑과 봉사〉

사랑은 말이 아닌 행동으로 증명된다.
우리는 큰일을 할 수는 없지만,
작은 일을 큰 사랑으로 할 수 있다.
가장 가난한 사람들을 돕는 것은
단순히 그들에게 빵을 주는 것이 아니라,
그들의 존엄성을 인정하는 것이다.
평화는 미소에서부터 시작된다.
서로를 이해하고 사랑할 시간을 가져라.
그것이 행복의 열쇠다.

4장

중요한 것은
삶의 길이가 아닌
삶의 깊이다

하루하루가 일 년 중
최고의 날이라고
가슴에 쓰라.

남을 가르치면서
스스로 배우는 방식을 찾아라

앞에서도 강조했지만, 어휘력은 사전에 수록된 단어를 무작정 외운다고 해서 늘어나지 않는다. 새로운 낱말을 익히고, 그 용례를 헤아리며, 다양한 맥락에서 반복적으로 써보는 과정이 필수다. 그런데 많은 사람이 이 과정을 막상 실천하는 데 어려움을 느낀다. 예를 들어 배운 단어를 실제 생활에 적용하려 해도 적절한 기회가 쉽게 떠오르지 않거나, 습득한 어휘를 정리만 해두고 써먹지 않아 금세 잊히는 상황을 경험하게 된다.

이러한 문제 해결은 '남을 가르치는 것'에서 실마리를 찾을 수 있다. 여기서 말하는 '가르치는 것'은 전문적인 것이 아니다. 예를 들어 '독서 모임'을 활용하는 것이다.

(1) 독서 모임을 통해 가르치는 기회를 얻어라

독서 모임은 누군가를 가르치는 자리는 아니지만, 책을 함께 읽고 이야기를 나누는 공간에서는 자연스레 '가르침'과 '학습'이 교차하는 순간이 발생한다. 독서 모임에서 새로 배운 단어나 흥미로운 표현을 미리 찾아본 뒤, 모임 당일에 다른 참석자들에게 그 단어의 뜻이나 배경을 짧게 소개해 볼 수 있다. 남들에게 설명하겠다고 마음먹는 순간, 우리는 스스로가 그 낱말을 정말로 이해하고 있는지 돌이켜보게 된다.

이 과정을 자세히 살펴보면, 먼저 한 권의 책을 고르되 장르나 난이도는 자유롭게 정한다. 베스트셀러여도 좋고, 고전이어도 상관없다. 중요한 것은 모임 참석자들이 흥미롭게 접근할 수 있는 텍스트라는 점이다. 그 책을 정해둔 분량만큼 읽고, 읽는 과정에서 생소하게 느껴지거나 문맥이 독특한 단어에 밑줄을 그어두자. 그다음 모임 전까지 해당 단어의 정확한 의미나 어원, 쓰임새, 유사하거나 반대되는 표현 등을 간단히 정리한다. 이때 '이 표현이 왜 눈에 띄었는가', '어떤 상황에서 유용하게 쓰일 수 있을까'처럼 개인적인 감상이나 예시 문장까지 더해두면 더욱 좋다.

모임이 열리면, 서로 돌아가면서 "나는 이번에 이런 표현을 유심히 보았다"라며 말문을 연다. 예컨대 소설의 분위기를 결정짓는 형용사나 감탄사가 있었다면, 그 단어가 만들어내는 정서적 뉘앙스가 왜 중요한

지 간단히 짚어본다. 누군가 "이 낱말의 어원은 의외로 라틴어에서 왔더라"라고 설명을 보탤 수도 있고, 다른 사람이 "일상에서 이런 장면에 이 단어를 써볼 수 있다"라는 아이디어를 제시할 수도 있다.

그렇게 자연스럽게 돌아가며 발표와 토론을 이어가면, 각자의 설명 행위는 곧 작은 '강의'가 된다. 낱말 하나를 다른 사람에게 풀어내는 순간, 나 자신도 다시금 그 의미를 점검하고 체화하는 기회를 얻게 되는 것이다.

(2) 남을 가르치는 순간 비로소 진짜 배운다

독서 모임을 통해 '가르치는 경험'을 쌓으면, 단어가 그저 문자로만 머물지 않고, 책 속에서 발견한 맥락과 서로의 감상이 뒤섞여 더욱 입체적으로 다가온다. 또한, 그 자리에서 나온 질문들이 하나의 자극이 되어 "이 단어를 더 깊이 알고 싶다"라는 호기심을 불러일으킬 수도 있다. 예컨대 "이런 표현이 비슷한 문맥에서 다른 작가들에게는 어떻게 쓰였을까?"라고 궁금해져서 추가 자료를 찾아보게 되면, 어휘력은 물론 독서 경험 자체가 한층 넓어지게 된다.

아울러 독서 모임은 접근성이 좋다는 장점이 있다. 직접 만나 오프라인으로 진행하기 어려운 이들은 온라인 화상채팅이나 메신저 그룹을 활용할 수 있다. 읽기 분량도 무리하지 않도록 조정하면 바쁜 일상 속에서도 꾸준히 참여할 수 있다. 심지어 꼭 두꺼운 책을 선정할 필요도 없다. 짧은 칼럼, 시나리오, 기사 모음집처럼 부담이 적은 텍스트도 충분히 어휘 학습의 소재가 되어줄 것이다.

　이처럼 책과 대화가 만나는 자리에서 우리는 단어 하나하나의 깊이를 체감하고, 내 언어생활 속에 그 표현을 언제 어떻게 가져다 쓸 수 있을지 모색하게 된다. 딱딱한 암기가 아니라, 사람들과의 소통과 해석을 통해 단어가 살아 숨 쉬는 체험을 할 수 있는 것이다. 이러한 경험이 쌓일수록 어휘는 단순한 '지식'이 아니라 '능력'으로 발전한다. 그때 비로소 우리는 풍부한 표현력과 더불어 사고의 폭을 넓히며, 서로에게 한 발 더 가까이 다가갈 수 있게 된다.

　결국 '남을 가르치는 순간 비로소 진짜 배운다'는 이 오래된 진리는 우리의 어휘력 향상에도 그대로 적용된다. 사소해 보이지만, 책 한 구절에서 끌어온 표현을 누군가에게 설명하는 그 몇 분간에 우리는 수동적 습득의 단계를 넘어선다. 궁금증과 감상을 주고받으며, 조금이라도 더 선명한 해석을 내놓기 위해 애쓰는 과정이야말로, 내 안의 언어 감각을 튼튼히 다지는 비밀 열쇠가 된다.

Day 076

칼린 지브란, 《예언자》

기쁠 때, 그대 가슴 깊이 들여다보라.
그러면 알게 되리라.
그대에게 슬픔을 주었던 바로 그것이
그대에게 기쁨을 주고 있음을.

슬플 때도 가슴 깊이 들여다보라.
그러면 알게 되리라.
그대에게 기쁨을 주었던 바로 그것 때문에
그대가 지금 울고 있음을.

진실로 그대는 기쁨과 슬픔 사이에
저울처럼 매달려 있다.
그러므로 그대가 마음을 비울 때만
멈춰 서서 균형을 이룬다.

Day 077

셰익스피어, 〈소네트〉

사랑은 변하지 않는 영원한 별과 같아서
폭풍이 불어도 흔들리지 않는다.
진정한 사랑은 장애물 앞에서 물러나지 않으며,
시간의 흐름에도 그 본질을 잃지 않는다.
사랑하는 이의 외적 아름다움은
시간과 함께 사라질 수 있지만,
그의 영혼의 아름다움은 영원하다.

내가 쓰는 이 시(詩)는
당신에 대한 나의 사랑보다 오래 살지 못할 것이다.
이 세상에 삶이 있는 한, 이 시는 살아 있을 것이며
그것은 당신에게 영원한 생명을 줄 것이다.
진정한 사랑은 시간을 초월하여 영원히 지속된다.
그것은 우리의 삶을 넘어
우리가 떠난 후에도 계속해서 빛날 것이다.

Day 078

샤를 보들레르, 〈악의 꽃〉

나는 밤의 가느다란 안개가 드리우는 모습을 즐겨 바라본다.
창문들과 별들이 하나둘 불을 밝히면
게으르게 피어오르는 검은 연기가 강물처럼 흐르고,
달이 떠올라 그것들을 은빛으로 물들인다.
나는 봄과 여름과 가을이 천천히 지나가는 것을 지켜보리라.
그리고 늙은 겨울이 무표정한 얼굴로 창유리에 다가오면
내 모든 셔터를 닫고 커튼을 단단히 친 채
촛불로 웅대한 궁전을 지으리라.

Day 079

법구, 《법구경》

악한 말 한마디가
불쾌한 음식을 삼킨 것보다 오래 남아,
스스로와 타인 모두의 마음을 어둡게 한다.
반면 선한 말은 물 한 방울이 마른 땅을 적시듯,
작은 친절이라도 깊은 평안을 선물한다.
내 입에서 나오는 언어가 다시 돌아와
내 마음에 꽃피울 것임을 기억하라.

Day 080

노자, 《도덕경》

물처럼 끝까지 도전하라.

물은 가장 강하고 완전해 보이지만,

세상에 물만큼 약하고 무른 것은 없다.

그러나 큰 바위에 물방울이 계속 떨어지면

결국 구멍이 뚫리고 만다.

약한 것도 힘을 모으면 강한 것을 이긴다.

실패도 결국 경험이고, 힘이 된다.

처음부터 성공하지 못했다고 실망하지 말고

끈기를 가지고 힘을 모아라.

작은 힘이라도 끈기 있게 지속하면

결국 성공할 수 있다.

장자, 《남화경》

자신의 모습을 있는 그대로 받아들이는 것이
진정한 자유의 시작이다.
때론 지름길이 멀리 돌아가는 길이 되기도 하고,
도움이 해가 되기도 한다.
세상의 기준에 자신을 맞추려 하지 말고,
자신의 본성을 따르라.
쓸모없어 보이는 것이 때로는 가장 큰 쓸모가 있다.

굽은 나무가 산에서 오래 살아남는 것처럼,
세상의 기준에 맞지 않는다고 해서 자신을 부정하지 말라.
나의 가치는 외부 평가가 아닌 내면의 충실함에 있다.
작은 물고기와 새가 연못과 숲에서 자유롭게 사는 것처럼,
자신의 본성과 능력에 맞는 환경에서 자신을 펼쳐라.

Day 082

토마스 아 켐피스, 《준주성범》

이곳에서의 그대의 삶은 곧 끝날 것이다.

그러니 지금 그대가 어떠한 처지에 있는지 살펴보라.

우리는 오늘 살아 있으나 내일 죽으며, 곧 잊혀진다.

눈앞에 보이지 않게 되면 곧 마음에서도 쉽게 잊힌다.

'오! 사람의 마음은 어찌 그리 아둔하고 완고한가!'

지금 순간만 생각하고, 장래 일은 준비하지 않는다.

그러므로 네 모든 행동과 생각을 함에 있어

바로 오늘 죽을 것처럼 하고 있어라.

Day 083

마르쿠스 아우렐리우스, 《명상록》

당신의 행복은 당신의 생각에 달려있다.
외부 세계에서 일어나는 일은 당신의 통제 밖에 있지만,
그것에 대한 당신의 반응은 전적으로 당신의 것이다.
당신을 해치는 것은 사건 자체가 아니라,
그 사건에 대한 당신의 판단이다.

다른 사람이 당신을 비난할 때,
그것은 그들의 문제이지 당신의 문제가 아니다.
당신의 가치는 타인의 평가에 좌우되지 않는다.
진정한 자존감은 당신이 통제할 수 있는 것,
즉 당신의 생각, 판단, 행동에 집중할 때 생겨난다.
외적인 것들은 당신 자신이 아니다.
당신의 본질은 당신의 내면에 있다.

Day 084

칸트, 《실천 이성 비판》

모든 인간을 단순한 수단으로서가 아니라
목적 그 자체로 대우하라.
이것이 도덕적 인간관계의 근본 원칙이다.
다른 사람을 자신의 목적을 위한 도구로만 사용한다면,
그것은 그 사람의 인간 존엄성을 침해하는 것이다.
진정한 인간관계는 상호 존중과 자율성의 인정에 기초한다.
그러므로, 나에게 대해 주기를 바라는 대로 다른 사람에게 대하라.
우리가 다른 사람에게 행하는 방식이
모든 사람이 서로에게 행할 수 있는 방식이 되어야 한다.

Day 085

유향, 《전국책》

천하의 대세는 한 사람의 힘으로 바꿀 수 없으나,
지혜로운 자는 그 흐름을 읽고 활용할 수 있다.
물이 항상 낮은 곳으로 흐르듯,
인간의 본성도 자연의 이치를 따른다.
그러므로 통치자는 인간의 본성을 거스르지 말고,
그것을 이해하고 인도해야 한다.
무력으로 강제하는 통치는 일시적으로는
효과가 있을지 모르나, 오래 지속되지 못한다.

Day 086

추적, 《명심보감》

은혜와 의리는
많은 사람들에게 널리 베풀어라.
인생길의 어디에서든
그 사람들을 만날 수 있어서다.
그러나 원수와 원망을 맺지 말라.
언제든 좁은 길에서 만나면
피하기 어렵기 때문이다.

Day 087

무라사키 시키부, 《겐지 이야기》

사랑은 덧없고 무상하지만,
그 순간의 아름다움은 영원하다.
벚꽃이 피었다가 지는 것처럼,
사랑도 시작되고 끝난다.
그러나 그 경험의 아름다움은
우리 마음에 영원히 남는다.
사랑은 때로 고통스럽지만,
그 고통마저 인생의 깊이에 기여한다.

Day 088

아리스토텔레스, 〈중용의 미덕〉

미덕(美德)은 두 가지 극단 사이의 중간 지점에 있다.

용기는 무모함과 비겁함 사이에,

관대함은 낭비와 인색함 사이에 있다.

행복은 덕 있는 행동에서 온다.

우리는 실천함으로써 배운다.

의로운 행동을 함으로써 의로운 사람이 되고,

절제된 행동을 함으로써 절제된 사람이 된다.

Day 089

세네카, 〈행복한 삶〉

진정한 행복은 덕에서 비롯된다.
덕은 자연과 조화를 이루는 삶이며,
이성에 따라 행동하는 것이다.
운명이 어떻게 변하든
덕이 있는 사람은 항상 흔들리지 않는다.

부와 명예는 행복의 조건이 아니다.
행복한 삶은 자연과 일치하는 삶이며,
이는 올바른 이성을 따르고,
완전하고 성숙한 판단력을 갖추며,
진실된 것을 추구하는 것이다.

삶의 질서와 조화를 인식하고,
모든 일에 선량함과 온화함을 보여라.

내 언어의 한계가 곧
내가 아는 세상의 한계다

어휘력은 글쓰기와도 밀접한 관계가 있다. 철학자 비트겐슈타인이 "언어의 한계가 곧 내가 아는 세상의 한계"라고 말한 것처럼, 어휘로 표현할 수 있는 것이 '아는 것'이다. 어휘력을 키우고 싶은 초심자라면, 논리적인 글쓰기부터 시작하는 것이 좋다. 글쓰기의 핵심은 '생각을 명확하게 표현하는 것'인데 이것이 바로 논리의 역할이기 때문이다.

논리적인 글쓰기는 내 생각을 상대방에게 정확하고 설득력 있게 전달하는 기술이다. 쉽게 말해, 좋은 단어를 많이 아는 것도 중요하지만, 이 단어들을 어떻게 연결하느냐가 더 중요하다. 그러면 어떻게 해야 논리적 글쓰기를 쉽게 시작할 수 있을까?

다음 네 가지 단계를 통해 논리적 글쓰기에 도전해 보자.

1단계: 생각을 정리하는 습관 들이기

예를 들어 '운동의 중요성'이라는 주제로 글을 쓴다면, 글을 쓰기 전 종이를 꺼내 다음과 같이 정리해 보자.

> 주제: 운동의 중요성
>
> 주요 주장: 운동은 건강에 이롭다.
>
> 이유와 예시: 체력 증진, 스트레스 해소, 삶의 질 향상
>
> 결론: 일상에서 운동을 꾸준히 실천하자.

이렇게 간단한 목록을 만드는 것만으로도 머릿속의 복잡한 생각들이 명확히 정리되고 글의 방향이 자연스럽게 잡힌다.

2단계: 정리된 생각 문장 만들기

생각 정리를 마쳤다면 이제 문장을 만들 차례다. 이때 중요한 점은 '하나의 문장에는 하나의 생각'만 담아야 한다는 것이다. 자주 하는 실수 중 하나가 욕심을 내서 한 문장 안에 여러 가지 생각을 넣는 것이다. 그러면

글의 요점을 놓치게 된다. 예를 들어 "운동은 건강에 좋고, 스트레스를 줄이며 삶의 질도 높인다"라는 문장은 한 번에 읽기 어렵다. 좀 더 명확하게 표현해 보자.

'운동을 하면 체력이 좋아진다. 또한, 운동은 스트레스를 줄이는 데도 효과적이다. 이렇게 되면 자연스럽게 삶의 질이 높아진다.'

이렇게 하나씩 천천히 풀어 쓰면 누구나 글을 쉽고 편안하게 받아들일 수 있다.

3단계: 짧은 문장과 정확한 표현 하기

글을 쓸 때는 간결하게 작성하되, 모호한 표현이 아닌 구체적인 숫자나 예시를 사용한다. 예를 들어 "많은 사람들이 운동을 좋아한다"보다는 "열 명 중 아홉 명이 운동을 좋아한다"라고 쓰는 것이 더 명확하고 설득력 있게 다가온다. 구체적인 숫자나 사례는 글을 더 현실적이고 신뢰할 수 있게 만들어 준다.

4단계: 다시 읽어보며 수정하기

마지막으로 중요한 단계는 '수정하기'다. 초고를 완성하면 잠시 시간을 두었다가 다시 읽어보자. 글의 흐름이 자연스러운지, 읽는 사람이 이해하기 쉬운지 점검하는 과정이다. 혼자 점검하기 어렵다면 가족이나 친구에게 보여주고 피드백을 받는 것도 좋은 방법이다. 다른 사람의 시각으로 보면 내가 미처 발견하지 못했던 부족한 부분이나 불필요한 부분을 쉽게 찾을 수 있다.

　논리적 글쓰기를 통해 얻게 되는 가장 큰 보상은 '자신감'이다. 내 생각을 논리적으로 표현할 수 있다는 자신감은 글쓰기를 넘어 일상생활에서도 큰 힘이 된다. 지금부러 한 문장씩 천천히 명확하게 쓰는 연습을 시작하면, 어느새 당신의 글은 탄탄한 논리와 설득력을 갖춘 멋진 작품이 되어 있을 것이다.

※ 글쓰기 방법에 대해서는 〈부록〉에서 보다 자세히 설명하겠다(293쪽).

Day 090

보카치오, 《데카메론》

내면적 자유가 없는 외부적 자유란 무가치하다.
비록 외부적 폭압에 의해 굴레에서 벗어났다 해도
자신의 마음에 있는 무지, 죄악, 이기주의, 공포 등을
지배할 수 없다면 그것이 무슨 소용이 있으랴?
자신의 마음속에 교만, 분노, 태만 등에 사로잡힘 없이
인류의 행복을 위해 자신을 희생할 용기가 있는 사람만이
진정한 자유인이라 할 수 있는 것이다

Day 091

엔도 슈사쿠, 《회상》

길다는 개념이 없으면 짧다는 개념도 성립될 수 없다.
짧은 것이 있기에 긴 것이 의미가 있는 것이다.
이것은 반드시 길고 짧음에만 국한되지 않는다.
이 세상의 모든 삼라만상(參羅萬像)은 물론,
우리네 인생살이도 적용되는 것이다.
즉 불행이 존재하지 않는다면 행복도 존재하지 않으며,
병이 존재하기 때문에 건강하기를 바란다고 할 수 있다.
따라서 이 두 가지는 상호 의존적인 관계다.

Day 092

공자, 《논어》

옛사람들은 말을 함부로 하지 않는다.

이는 행동이 따르지 못할 것을 부끄러워했기 때문이다.

많은 것을 듣되 의심스러운 부분은 빼놓고,

그 나머지를 조심스럽게 말하면 허물이 적다.

또한 많은 것을 보되 위태로운 것을 빼놓고,

그 나머지를 조심스럽게 행하면 후회하는 일이 적다.

말에 허물이 적고, 행동에 후회가 적으면

출세는 자연히 이루어진다.

Day 093

미셸 푸코, 《감시와 처벌》

감옥이 있는 것은,

이 세상이 감옥이라는 사실을 감추기 위한 장치이다.

우리는 항상 감시당한다는 느낌으로 스스로를 규율한다.

권력은, 거대한 건물이나 기관에만 있는 것이 아니라

일상적인 관계와 실천 속에 스며들어 있다.

Day 094

발타자르 그라시안,
〈감정과 이성의 조화〉

감정의 지배를 받는 사람은 쉽게 예측당하고 이용당한다.

그러나 감정이 완전히 배제된 삶은 생기가 없고 삭막하다.

중요한 것은, 감정과 이성을 조화롭게 활용하는 것이다.

감정을 억누르지 않으면서도

이성적으로 판단하고 행동하는 능력을 갖추어라.

이것이 진정한 현명함이며, 내면의 균형이다.

Day 095

윌리엄 블레이크, 〈순수의 전조〉

한 알의 모래에서 세계를 보고,
한 송이의 들꽃에서 천국을 보라.
그대의 손바닥에 무한(無限)이 있고,
한 순간 속에 영원(永遠)이 깃든다.

Day 096

세르반테스, 《돈키호테》

"누가 미친거요?
장차 이룩할 수 있는 세상을 상상하는 내가 미친 거요?
아니면 세상을 있는 그대로만 보는 사람이 미친 거요?"

고통 받는다고 절망하는 건 비겁한 일이며,
그 고통이 아무리 심해도 절망에 몸을 맡기는 건
가장 소심하고 한심한 일이다.
불가능한 것을 손에 얻으려면,
불가능한 것을 시도해야 한다.

Day 097

라 로슈푸코, 《잠언과 성찰》

자연은 우리의 정신 밑바닥에,
우리 자신도 모르는 재능과 솜씨를 숨겨놓았다.
오로지 열정들만이 이것들을
세상에 드러낼 힘이 있는가 하면,
인위적 노력이 제공할 수 있는 것보다
더 확실하고, 완전한 통찰력을 제공할 수 있다.

Day 098

니코스 카잔차키스,
《그리스인 조르바》

새길을 닦으려면 새 계획을 세워야지요.

나는 어제 일어난 일은 생각 안 합니다.

내일 일어날 일을 자문하지도 않아요.

내게 중요한 것은 오늘, 이 순간에 일어나는 일입니다.

나는 자신에게 묻지요.

'조르바, 지금 이 순간에 자네 뭐 하는가?'

'잠자고 있네.'

'그럼 잘 자게.'

Day 099

헨리 데이비드 소로, 《월든》

내가 숲속으로 들어간 것은
인생을 의도적으로 살아 보기 위해서였다.
인생의 본질적인 사실들만을 직면해 보려는 것이었으며,
인생이 가르치는 바를 배울 수 있는지 알아보고자 했다.
그리하여 마침내 죽음을 맞이했을 때
'내가 헛된 삶을 살았구나'라고 깨닫지 않기 위해서였다.
나는 삶이 아닌 것은 살지 않으려고 했으니,
삶은 그토록 소중한 것이다.

Day 100

호라티우스, 《송가집》

이 세상이 끝나는 날, 신(神)이 그대와 나를 위해
무엇을 준비해 두었는지 물으려 하지 말아라.
우리는 그것을 알 수 없기에.
그리고 바빌로니아 점술가들은
그때가 언제인지를 계산하려 하지 말아라.
무엇이, 어떤 상황이 닥치더라도 그것을 받아들여라.
짧기만 한 이 인생에서 먼 희망은 접어야 한다.
우리가 이렇게 말을 하고 있는 동안에도
시간은 우리를 시샘하여 멀리 흘러가 버리니
내일이면 늦으리니, 오늘을 즐겨라.
카르페 디엠(Carpe Diem)!

지혜로운 삶을 위한
필사 문장

: 손힘찬

위대한 사람이 되기 위해서는
자신의 운명 전체를
이용할 줄 알아야 한다.

01

역설과 모순

역설이란,
현실과 이상 사이에서 피어난 모순이다.
마땅히 이래야 한다는 신념과
눈앞에 펼쳐진 현실이 어긋날 때,
우리는 그 틈에서 역설을 발견한다.

역설은 곧 현실과 이상의 불협화음이며,
당연함과 부조리함이 뒤엉킨 지점이다.
때로는 현실이 너무 냉정하거나
이상이 지나치게 완벽할 때,
우리는 혼란을 느끼고 역설에 빠져든다.

역설은 삶이 우리에게 던지는 농담이며,
동시에 우리가 품고 있는 순진한 기대와
냉혹한 현실 사이의 균열이다.
그 균열을 인식하고 받아들이는 순간,
역설은 더 이상 모순이 아니라
세상을 바라보는 '새로운 관점'이 된다.

02

작은 용기 씨앗

'이보다 더 나쁠 순 없다'라고 말할 수 있다는 건,
아직 절망의 바닥에 닿지 않았음을 증명한다.
아무리 깊고 어두운 동굴도 끝에 빛이 있듯이,
지금을 최악이라 부르며 숨 쉴 수 있는 한
희망은 우리 가슴속에서 조용히 숨 쉬고 있다.
눈앞의 모든 것이 무너져 내리는 듯해도,
그 말 한마디가 마음속 작은 불씨를 지키는 힘이 된다.
그 말 한마디가 아직 끝나지 않은 이야기를 이어가게 하는
작은 용기의 씨앗이기 때문이다.

03

거짓과 진실

거짓으로 살수록
당신 주변의 사람들은 많아질 겁니다.
진실되게 살수록
당신의 주변 사람들은 적어질 것입니다.
가짜 박수와 내뱉은 말들이
당신을 빛내는 듯 보여도
마음속에는 공허만 자라날 겁니다.

거짓의 단맛은 짧고
진실은 늦게 드러나지만,
사람들이 그때 진심을 바라볼 것입니다.
당신의 본모습을 지켜봐 주는
단 한 사람이 남았을 때,
곧 영원한 빛을 얻을 것입니다.

04

진정한 성숙

성숙함이란,
끝내야 할 것을 질질 끌지 않는 것이다.
당신의 직관은 마음이 완전히 준비되지 않았더라도
무언가를 끝내야 할 때를 알고 있다.

때로는 한 챕터를 닫고, 새로운 시작을 맞이해야 한다.
일이든, 관계든, 우정이든, 오랫동안 지속되는 것은 많지 않다.
그럼에도 불구하고 오래 지속되는 것이라면,
그만큼 가치 있는 것이기 때문이다.

하지만 우리는 때때로, 익숙함 때문에, 후회를 두려워해서,
이미 사라진 의미를 붙잡고 늘어진다.
그러나 관계든, 기회든, 미련이 남는다고 해서
붙잡아야 하는 것은 아니다.

직관을 거스르는 것은 내면에 불필요한 갈등을 만든다.
떠나야 할 때를 알고도 남아 있으면, 상처가 더 깊어질 뿐이다.

마음이 완전히 정리될 때까지 기다리지 마라.
끝낼 때를 아는 것이, 진짜 성숙함이다.

05

과도한 행복

과도한 행복은 과도한 불행을 불러온다.

그러니 행복할수록 오히려 비참해지지 않도록 주의하라.

언제나 육체가 숨을 쉬듯이 영혼은 갈망을 품어야 한다.

모든 것을 소유하면 환멸과 불만이 찾아온다.

지식 속에서도 호기심을 놓지 말고 희망을 일깨워야 한다.

누군가가 도움을 줄 때는 완벽한 만족보다 약간의 여운이 중요하다.

욕망이 사라지면 두려움만 남는다.

06

지금 삶을 즐겨라

100년 후, 우리는 모두 가족과 친구들과 함께 묻힐 것이다.
우리가 열심히 짓고 쌓은 우리의 집에는
낯선 사람들이 살게 될 것이고,
오늘 우리가 가진 모든 것은 다른 사람의 소유가 될 것이다.
우리의 후손들은 거의 우리가 누구인지 알지 못할 것이며,
우리를 기억하지도 않을 것이다.
우리의 할아버지의 아버지가 누구였는지
아는 사람이 얼마나 있을까?
우리가 죽은 후 몇 년 동안 더 기억될 것이지만,
그 후에는 누군가의 벽에 걸린 초상화가 되어 버릴 뿐이다.
몇십 년이 지난 후에는 우리의 역사, 사진, 행적이
역사적 잊음 속으로 사라질 것이다.
우리는 심지어 추억조차 될 수 없을 것이다.
그러니 당신의 삶을 즐겨라.
당신 자신이 되어라.

07

두 가지 현실

'슬픔'과 '기쁨'도 두 글자
'추락'과 '상승'도 두 글자
'저주'와 '축복'도 두 글자
'무시'와 '경청'도 두 글자
'원수'와 '친구'도 두 글자
'유치'와 '성숙'도 두 글자
'무지'와 '지식'도 두 글자
'부정'과 '긍정'도 두 글자

두 가지 현실을 선택할 수 있다.
어떤 삶을 살 것인지는 당신에게 달렸다.

08

진실의 눈

지혜의 시작은,
인간의 범주, 주어진 상황, 상대의 성격에 관한 진실 등
거짓에서 벗어나 진실에 눈을 뜨는 것에 있다.
이건 의심으로 연마된 도덕적 선견지명이며
순진하고 감상적인 환상에서 벗어나는 것이다.

09

통찰력

지혜롭게 살기 위해서는

지혜의 눈으로 무장해야 한다.

팔, 손, 가슴, 심지어 혀와 귀에 이르기까지

크게 활짝 뜬 눈들로 무장함으로써

주변을 철저히 관찰해야 한다.

손에 달린 눈은 타인이 무엇을 건네는지를,

팔에 달린 눈은 자신의 능력을 평가하며,

귀에 붙은 눈은 거짓을 간파하라.

가슴에는 인내를 길러줄 눈이,

심장에는 첫인상을 신중히 판단하게 하는 눈이 필요하다.

마지막으로, 눈에는 그들이 어떻게 바라보고 있는지를

알아차릴 수 있는 눈이 있어야 한다.

DATE . .

10

자아를 강화하라

출혈은 피할 수 없다.

산만한 사람은 다수의 적을 두고,
무능한 사람은 적을 규정하지 못한다.

자아를 강화하는 방법은
모두를 사랑하는 것도,
모두를 증오하는 것도 아니다.

오직 단 하나의 적을 가지는 것.

나는 적과의 대결을 통해 유일무이한 형상을 지닌다.
나는 준엄하게 피 흘리며 최대 속도로 소멸에 대항한다.

11

평화로운 삶

평화롭게 살아가는 것은
우리 모두가 지향해야 할 가장 중요한 가치이다.
하지만 갈등이 전혀 없는 하루는
마치 꿈 하나 없이 지나가는 잠처럼
자칫 삶의 의욕을 잃게 만들 수도 있다.

그럼에도 불구하고 우리는 분쟁을 피하기보다
그것을 현명하게 다루고 극복함으로써
더 큰 성장을 얻을 수 있다.
행복과 즐거움을 누리는 삶은
결국 평화로운 마음에서 피어나는 소중한 결실이다.
그러나 매사에 지나치게 집착하고,
모든 일을 가슴속 깊이 새겨두기만 하는 것은
오히려 우리 자신을 옭아매는
어리석은 태도일지도 모른다.

12

스스로 가치를 만들어라

쓸모없는 사람도 불멸의 존재가 될 수 있다.
그들이 가진 작은 의지마저 무심히 이어져 가기에
누구도 그 가치를 함부로 단정 지을 수 없다.

가치가 작으면 오래 살 것이며,
행운은 위대한 것을 부러워하지 않고
쓸모없는 것에 긴 수명을 준다.

결국 중요하지 않은 사람은
시간이 지나도 계속 살아간다.
그러다가 어느 순간, 아무도 모르는 사이에
생애의 흔적을 새긴다.

13

충실한 삶

당신의 장례식 이후를 상상해 봤나요?

당신의 장례식이 끝나면
세상은 빠르게 일상을 회복합니다.
가족은 각자의 삶으로 복귀하고,
회사는 냉정하게 후임을 물색하며,
지인들은 무심히 일상으로 돌아갑니다.

이는 슬픔의 결핍이나 무정함 때문이 아니라
삶이 지닌 불가피한 본질입니다.
타인의 평가와 기대는 찰나의 허상일 뿐입니다.
오직 스스로에게 충실히 살아가는 것이
삶을 온전히 빛내는 유일한 방법입니다.

14

뜨겁게 살아가라

당신의 존재감이 너무나 강렬해
사람들이 당신을 지나칠 수 없게 만드세요.
당신의 매력으로 사람들을 사로잡으세요.
마음속 깊이 남아, 사람들이 당신을 생각하며
압도될 만큼 강렬한 인상을 남기세요.

가볍게 여겨지지 않도록 스스로를 믿으세요.
대체 불가능한 사람이 되세요.
당신의 행동이 너무 빠르고 확신에 차 있어
아무도 당신의 다음 행보를 예상하지 못하게 하세요.

도전할 목표를 주되,
그들이 당신을 따라잡는 일은 없도록 하세요.
그들의 기대를 넘어서는 사람이 되세요.
당신의 탁월함으로 질투 대신 존경을 받을 만큼 빛나세요.

당신의 열정과 빛으로 주변
모두를 감화시킬 만큼 뜨겁게 살아가세요.

15

삶의 빛과 그림자

만약 우리가 외부 세계에서 오는
수많은 소리와 시선에 휩쓸려 살게 되면,
어느 순간 불안과 괴로움을 만나게 된다.
이러한 불안은 우리를 지치게 만들고,
자신을 잃어버린 듯한 공허함에 빠지게 된다.
그러나 깊은 성찰을 통해 내면의 소리에 귀 기울이면,
우리는 충만한 평온과 기쁨을 발견하게 된다.
외부 세계에서 밀려드는 수많은 평가와 기준에 매달릴 때는
끝없이 불행을 찾아 헤매게 되지만,
자신의 마음속에서 조용히 울려오는 목소리를 따라가면
생생한 행복을 맞이하게 된다.
결국 우리가 어디에 시선을 두고 살아가느냐에 따라
삶의 빛과 그림자가 달라지는 것이다.
그러니 이를 반드시 기억해야 한다.
만약 외부 세계에 따라 살면, 곧 불행을 발견하게 될 것이다.
그러나 내부 세계에 따라 살면, 곧 행복을 발견하게 될 것이다.

어휘력은 나의 '정체성'이다

비트겐슈타인은 "내 언어의 한계는 내 세계의 한계"라고 말했다. 그는 언어가 있기 전에 생활 양식이 있다고 말했다. 즉 언어의 뜻이 아닌 '사용'에 본질이 있으며, 서로 같은 언어를 사용한다는 건 삶의 형식을 공유하는 것이라고 주장했다.

언어는 인간이 가진 특별한 재능으로, 유전자에 각인된 본능뿐 아니라 인간의 지속적인 소통 의지와 문화적 진화를 통해 탄생하고 발전한다.

과연 그 이유는 무엇일까?

언어는 인간만이 가진 특별한 재능이다. 지구상 그 어떤 생물도 인간처럼 수많은 단어와 복잡한 문법 체계를 갖추지 못했다. 긴꼬리원숭이와 사바나원숭이는 서로 350만 년 전에 분화되었음에도 여전히 같은 울음소리를 낸다. 이 사례는 동물의 의사소통이 유전자에 각인된 신호 체계에 머물러 있음을 보여준다. 반면 인간의 언어는 수많은 종류가 존재하며, 사회·문화적 과정으로 인해 끊임없이 변화하고 있다.

한때 언어학의 중심이었던 촘스키는 모든 언어에 공통된 보편 문법이 있다고 주장했지만, 최근에는 전 세계에서 그와 맞지 않는 언어들이 발견되고 있다. 즉 인간의 언어는 생물학적 본능보다는 사람들 사이의 지속적인 상호작용과 문화적 진화의 산물이라는 의견이 힘을 얻고 있는 셈이다.

실제로 17세기 아이티에서 만들어진 크리올 언어나 니카라과의 청각장애 아이들이 만든 수화처럼, 서로 소통하려는 욕구만으로도 새로운 언어가 탄생할 수 있다. 초기 언어는 단순한 의성어나 몸짓에 불과했지만, 자주 반복되는 패턴이 문법으로 굳어지고 의미가 확장되며 복잡한 체계를 이룬다. 결국, 인간의 언어는 유전적 본능이 아니라 소통의 욕구와 문화적 진화가 빚어낸 발명품이다.

그렇다면 이 '발명품'의 목적은 무엇일까?

비트겐슈타인은 언어를 '체스 말'에 비유했다. 단어는 목적을 위해

전략적으로 사용하는 도구다. 단어는 단순히 사물을 지칭하는 것을 넘어, 우리의 의도를 담고 행동을 유발한다. 또한, 단어는 복잡한 현실을 간략하게 표현하는 저해상도의 이미지와도 같다. 단어가 가진 정확성과 풍부함이 떨어질수록 우리의 내면세계는 충분히 표현되지 못하고 오해와 혼란이 일어나기 쉽다.

예를 들어 '두려움'이라는 단어를 생각해 보자. 두려움은 상황과 맥락에 따라 다양한 실체를 포함한다. 같은 단어를 사용하지만, 사람마다 그 의미가 다를 수 있는 것이다. 그렇기에 우리가 쓰는 어휘가 우리의 세계와 정체성을 명확하게 정의한다고 할 수 있다.

우리는 항상 최적화된 단어를 찾지 않는다. 그보다는 대체로 만족할 만한 단어를 골라 현실을 적절히 표현한다. 인생의 배우자를 찾을 때도 수십억 명을 다 찾아볼 순 없으니, 충분히 괜찮다고 생각되는 사람을 선택하게 되듯 말이다. 이 과정에서 어휘력은 중요한 역할을 한다. 적절한 어휘를 선택할 수 있는 능력은 세상과의 상호작용을 원활하게 만들며, 결국 내가 살아가는 세계의 크기를 넓혀준다.

무엇보다 나를 더 나답게 표현할 수 있도록 도와준다. 더 나아가 나의 가치관에 공감해 주는 소중한 사람들과 연결되도록 만들어준다. '언어'는 인간 자체를 연결해 준다면, '어휘력'은 내 정체성 따라 관계가 구축된다는 걸 시사한다.

조지 오웰의 소설 《1984》에는 어휘와 사고를 제한해 인간의 사고를 통제하는 내용이 담겨있다.

'어휘가 매년 줄어들면 의식의 범위 역시 축소될 것이다.'

'뉴스피크(Newspeak)의 목적은 사고의 범위를 좁히는 것이다. 결국 사상 범죄는 불가능해질 것이다. 그것을 표현할 단어 자체가 사라질 테니까.'

이처럼 조지 오웰은 언어(어휘)가 사라지면, 사람들은 독립적인 사고가 불가능하며, 결국 정체성마저 상실한다고 경고했다. 만약 실제로 단어가 사라진다면, 우리는 자신이 누구이며, 무엇을 원했는지조차 망각할지 모른다. 즉 나를 자유롭게, 또 나답게 살게 해주는 수단은 어휘력이다.

어휘력을 갖춘다는 것은, 곧 나의 삶을 설계하는 것이다. 또한, 풍부한 어휘력을 갖춘 사람은 풍부한 삶을 살게 된다. 그만큼 우리의 어휘력과 언어는, 우리의 삶을 결정짓는 중요한 요소 중 하나다. 그러니 잊지 말자. 언어를 잃으면 나를 잃고, 언어를 얻으면 나 자신을 다시 찾게 된다.

손힘찬

부록

글쓰기 초심자를 위한
집필력 키우기

---

01 글쓰기의 기본 원칙 4가지

누구나 처음 글쓰기를 시작하면 무엇부터 어떻게 해야 할지 막막할 때가 있다. 잘 쓰고 싶은 마음은 크지만, 실제로 써보면 내가 무슨 말을 하고 싶은지 헷갈리기도 한다. 그럴 때는 무작정 어렵고 복잡한 방법부터 찾기보다는 기본적이고 간단한 원칙부터 익혀두는 것이 좋다.

글을 처음 쓰는 초심자분들도 쉽게 따라 할 수 있는 '글쓰기의 기본 원칙 4가지'를 소개한다.

1원칙: 한 문단에는 하나의 생각만 담는다

글쓰기 초심자가 흔히 저지르는 실수 중 하나는 여러 가지 이야기를 한 문단에 섞는 것이다. 그러면 그 글을 읽는 사람은 물론 직접 글을 쓴 자기도 '중심 생각'을 놓치게 된다. 예를 들어 '독서는 생각의 폭을 넓혀 준다'라는 문장으로 문단을 시작했다면, 이후 문장들은 독서의 장점이나 효과 등 독서와 관련된 이야기로 일관되게 이어져야 한다.

갑자기 운동이나 영화 이야기를 끌어들이면 문단의 주제가 흔들리고 읽는 이는 혼란스러워진다. 만약 새로운 이야기가 하고 싶다면 새로운 문단에서 시작하는 것이 좋다.

2원칙: 문장과 문장 사이에는 자연스러운 연결이 필요하다

글을 읽을 때 갑자기 흐름이 끊기거나, 문맥이 매끄럽지 않으면 읽는 이는 집중력을 잃게 된다. 이를 방지하려면 간단한 '연결어'를 적절히 활용해야 한다. 예를 들어 원인과 결과를 연결할 때는 '그래서'나 '따라서'를 쓰고, 반대되는 의견을 나타낼 때는 '하지만', '그러나' 같은 표현을 사용하면 문장 간 연결이 부드러워진다.

또한 '이것', '저것', '그런 점' 같은 지시어를 사용할 때는 반드시 앞문장에 그 대상이 무엇인지 명확하게 밝히는 것이 중요하다. 이렇게 하면 글을 읽는 내내 명확한 방향을 유지할 수 있다.

3원칙: 문장마다 일정한 어조와 시제를 유지해야 한다

글을 쓰다 보면 무의식적으로 말투나 시제를 혼용하는 실수를 하기 쉽다. 처음에는 문어체로 담담하게 시작했다가 갑자기 가벼운 구어체가 들어가거나, 과거를 이야기하다가 갑자기 현재로 시점이 바뀌면 읽는 이의 혼란이 커진다.

물론 시제를 바꿀 필요가 있는 경우도 있다. 예를 들어 과거의 사례를 설명한 뒤 지금의 이야기를 하려면 '이제 현재의 이야기로 돌아와 보자' 같은 간단한 안내 문장을 넣어주면 글의 흐름이 자연스럽고 독자가 맥락을 놓치지 않는다.

4원칙: 이유와 결론이 논리적으로 연결되어야 한다

글쓰기의 목적은 결국 하고 싶은 말을 정확하게 전달하는 데 있다. 그런데 이유는 잘 제시해 놓고 정작 결론이 그 이유와 동떨어진다면, 글의 설득력은 떨어질 수밖에 없다. 예를 들어 '전자책은 휴대가 간편하고 접근성이 뛰어나다'라는 이유를 들어놓고, 결론에서 갑자기 '그래도 종이책을 고집해야 한다'라는 식으로 전혀 관련 없는 주장을 하면 읽는 이는 당황하게 된다.

글을 다 쓴 후에는 반드시 '내가 제시한 근거들이 내 주장을 정말 잘 뒷받침하는가?'를 스스로 점검해야 한다. 불필요한 부분이나 관련 없는 문장은 과감히 삭제하는 것이 오히려 글의 완성도를 높이는 방법이다.

글쓰기는 꾸준한 연습과 지속적인 수정이 필수적이다. 글을 처음 쓰고 난 뒤에는 바로 수정하기보다는 잠시 시간을 두고 다시 읽어보는 것이 좋다. 초고를 쓰고 며칠 뒤에 다시 읽어보면, 처음에는 보이지 않았던 문제점들이 분명히 드러난다. 이 과정을 반복하며 조금씩 개선해 나가다 보면 글쓰기는 점점 수월해지고 명확해진다.

처음에는 이 4가지 원칙을 지키는 것이 어렵게 느껴질 수도 있다. 하지만 매일 조금씩 글을 써나가며 4가지 원칙을 의식적으로 실천해 보면, 어느 순간 자신도 모르게 글쓰기 실력이 향상되어 있을 것이다. 짧은 일기나 메모부터 시작해 4가지 원칙을 적용해 보자. 몇 달 후 과거에 썼던 글을 다시 보면 그때의 어색했던 부분이 한눈에 보이고, 얼마나 성장했는지 뚜렷하게 느낄 수 있을 것이다.

02 논리적인 글쓰기 4단계

글을 쓸 때 짧은 글이어도 자신의 주장을 분명하게 드러내고, 그 근거를 조리 있게 이어 붙이는 연습은 글쓰기의 기본기를 다지는 데 큰 도움이 된다. 간혹 어떤 분들은 '한 문장에 주장을 담고, 다음 문장부터 근거를 제시하면 된다'라고 생각하는데, 막상 글을 써보면 서로 다른 근거들을 한데 엮는 과정이 생각만큼 쉽지가 않다.

그렇기에 문장을 연결하여 논리적 단락을 쓰는 연습을 꾸준히 해보는 것을 권한다.

다음은 '논리적인 글쓰기 4단계'이다.

1단계: 글쓰기 주제 하나를 정해본다

글쓰기 주제를 정할 때 '재택근무의 장단점', 'SNS 사용의 득과 실', '저출산 문제 해결 방안' 같은 사회 이슈가 눈에 띈다면, 그중 하나를 골라 자기 생각을 한 문장으로 요약해 본다. 예를 들어 '재택근무는 업무 효율을 높일 수 있다'처럼 확신에 찬 주장을 적어놓으면, 앞으로 전개할 근거들이 자연스럽게 그 주장에 연결될 것이다.

2단계: 주장을 뒷받침할 근거 두세 개를 적어본다

자신이 주장할 글에 사실적 정보나 구체적인 경험이 포함된 것이 가장 좋다. 꼭 거창할 근거일 필요는 없다. 단 '출퇴근 시간이 줄어들어 여유가 생긴다', '집에서 일하니 업무 공간을 자유롭게 조성할 수 있다'처럼 짧고 명료한 문장으로 쓰는 것이 핵심이다. 2단계에서 너무 많은 근거를 늘어놓으면 단락이 산만해질 수 있으며, 2~3개 정도가 적당하다.

3단계: 앞에서 정리한 주장과 근거들을 하나의 단락으로 엮어본다

글을 쓸 때 첫 문장에 '주장'을 쓰고, 이어지는 문장들에 '근거'를 나열한 후 마무리 문장에는 간단한 '결론'을 담아내도록 해야 한다. 이러한 글의 흐름을 통해서 읽는 이는 명확하게 이해할 수 있다. 다음은 예시 문장이다.

'재택근무는 업무 효율을 높여준다. 우선 출퇴근 시간을 절약함으로써 업무에 집중할 수 있는 실제 시간이 늘어난다. 게다가 자신에게 맞는 작업 환경을 조성할 수 있어서 스트레스를 줄이고, 이는 창의성을 높이는 데 도움이 된다"

이처럼 연결어(우선, 게다가, 이는)를 활용해 문장 사이의 관계를 드러내면, 글이 훨씬 읽기 수월해진다. 또한 근거 사이사이에 짧은 예시나 추가 설명을 넣는다면, 글쓴이의 생각을 더 구체적으로 떠올리도록 도와준다.

4단계: 완성한 단락을 찬찬히 읽어본다

마지막으로 글의 논리적 흐름이 어색하진 않은지, 빠진 설명은 없는지, 또는 너무 반복되는 구절은 없는지를 점검하고 수정한다. 즉 근거가 서로 충돌하거나 연결어를 과도하게 사용해 문장이 장황해지지는 않았는지 확인하는 것이다.

때로는 한 문장만 다른 위치로 옮겨도 훨씬 매끄러워지기도 한다. 이러한 과정을 거치면서 불필요한 부분을 과감히 삭제하거나, 부족한 근거를 보충한다면 글의 완성도가 한층 높아진다.

처음에는 어려워도 이 4단계를 반복하면 논리적 글쓰기의 가장 기본이 되는 '주장→근거(예시)→결론' 구조를 연습하게 된다. 특히 짧은 단락에서 연결어를 적절히 써보는 연습은 나중에 긴 글을 쓸 때도 큰 자산이 된다. 오늘 당장 익숙한 주제를 하나 고르고, 이 4단계를 따라가며 단락을 완성해 보자. 글을 다듬어가는 작은 시도가 쌓이면, 어느새 자연스럽게 논리를 전개하는 글쓰기에 익숙해질 것이다.

03 같은 내용, 다른 문체로 써보기

누구나 글을 쓸 때 자기만의 문체가 있다. 사람마다 생각이 다르듯 자기만의 문체가 있으며, 소위 글의 '스타일'을 지니고 있다. 글의 문체나 스타일, 톤, 결은 자연스러운 것이 좋다. 그런데 문제는 글을 쓸 때 '한 가지 스타일로만 쓴다'라는 고정관념에 빠지기 쉽다는 것이다.

그러나 글은 똑같은 내용도 어떻게 풀어내느냐에 따라서 글이 주는 이미지가 전혀 다르게 펼쳐진다. 이를 직접 체험하는 방법으로 '같은 내용, 다른 문체로 써보기'가 있다. 이 방법을 통해 글쓰기를 한층 입체적으로 바라볼 수 있다.

다음은 '같은 내용, 다른 문체로 써보기'의 3단계이다.

1단계: 짧은 일화나 정보를 간단히 서술하기

먼저 일상적인 내용을 서너 개의 문장으로 간단하게 적어본다. '오늘 아침에 일찍 일어났는데 창밖으로 햇살이 눈부시게 비쳤다' 같은 사소한 상황만으로도 충분하다. 또는 최근에 써본 제품 후기를 짧게 요약해도 좋다. 핵심은 '편안한 문체'로 부담 없이 글을 시작하는 데 있다.

1단계에서는 정교한 표현을 고르려고 애쓰지 않아도 된다. 오히려 자유롭게 적는 것이 포인트다. 나중에 다른 문체로 변형하기 위해서는 먼저 '있는 그대로의 생각'을 담백하게 써보는 과정이 필요하다.

2단계: 다른 문체로 다시 써보기

그다음 1단계에서 쓴 서너 개의 문장을 완전히 새로운 형식으로 바꿔본다. 만약 1단계에서 일기처럼 개인적인 어조를 썼다면, 이번에는 신문 기사처럼 객관적이고 분석적인 문체를 시도해 볼 수 있다. 또는 원래 설명문이었다면, 이번에는 유머러스한 에세이 톤으로 바꾸어도 좋다.

■문장 어미: '했다', '있었다' 등 건조한 어미를 썼다면, 이번에는 '하더라고요', '있더랍니다'처럼 구어체를 쓰거나 반대로 더 딱딱하게 바꿔본다.

■**어휘 선택:** '근사하다'를 '탁월하다'로 바꾸거나, '매우 좋았다'를 '진짜 괜찮았다'처럼 전혀 다른 뉘앙스로 표현해 볼 수 있다.

■**시점과 분위기:** 관찰자(읽는 이)가 멀리서 보고 있는 듯한 시점으로 옮기거나, 주인공(글쓴이)이 자기 생각을 드러내며 감정을 풍부하게 표현하는 방식도 시도해 볼만하다.

이렇게 같은 내용을 다르게 풀어내면, 똑같은 사건에도 전혀 다른 느낌이 살아난다. 이를 통해 한 문단의 변화가 글 전체 분위기를 얼마나 바꿀 수 있는지 체험할 수 있다.

3단계: 두 가지 문체를 나란히 비교하기

마지막으로, 1단계와 2단계에서 쓴 글을 비교하며 읽어본다. 어디에서 어휘와 문장이 달라졌는지, 그리고 그 변화가 읽는 이에게 어떤 인상을 주는지를 분석하는 과정이 중요하다.

■**느낌의 변화:** 일기 형식으로 쓴 문체에는 소소한 감정이 직접 드러나지만, 이를 뉴스 기사처럼 바꾸면 주관적 감정이 배제되어 좀 더 객관적인 인상이 된다.

■**전달력의 차이:** 어느 쪽이 주제나 사실을 더 명확히 알려주는 지, 반대로 어느 쪽이 읽는 재미를 높여주는지를 생각해 본다.

■**장점의 조합:** 때로는 두 문체의 장점을 적절히 섞으면, 정보 전 달력과 재미를 동시에 잡을 수 있다.

이렇게 두 문제를 비교하는 과정을 거치면, 글에는 정답이 없으며 '문 체 선택'이 곧 글의 성격과 매력을 결정한다는 점을 실감할 수 있다.

'같은 내용 다른 문체로 써보기'는 분량이 길지 않아도 충분히 연습 할 수 있다. 소소한 일과나 짧은 후기부터 시도해 보자. 점차 익숙해지 면, 복잡한 주제나 서사를 다룰 때도 '이 내용을 다른 시점으로 바꿔보 면 어떨까?', '좀 더 신뢰감을 주려면 어떤 어미를 택해야 할까?'와 같 은 질문이 자연스럽게 떠오를 것이다.

사실 글쓰기 습관은 우리가 생각하는 것 이상으로 고정되어 있다. 익숙한 어투, 늘 쓰는 표현, 비슷비슷한 문장 구조에 안주하는 것이다. '같은 내용 다른 문체로 써보기'는 그 습관의 벽을 가볍게 흔들어 보는 좋은 계기가 될 것이다. 이 방법을 통해 '이렇게도 글을 쓸 수 있었구 나' 하는 깨달음이 생기면, 점차 새로운 스타일을 시도할 때 드는 두려움도 사라질 것이다.

또한, 동일한 내용도 관점과 어조에 따라 전혀 다른 메시지를 줄 수 있다는 점을 직접 경험함으로써 '비판적 읽기' 능력에도 좋은 영향을 미친다. 이는 읽는 이의 입장에서 다른 사람의 글을 읽을 때 문체가 어떤 인상을 만들어내는지 자연스럽게 파악할 수 있다.

궁극적으로 이 방법은 글을 쓰는 사람에게 '표현의 유연성'을 선사해 준다. 즉 언제든, 어떤 스타일이든 시도해 볼 수 있다고 믿는 순간, 글은 단순한 기록을 넘어 다양한 색깔을 가진 목소리가 된다. 그러니 오늘 당장 서너 개의 간단한 문장으로 시작해 보자. 작은 시도지만, 글쓰기 습관과 시야가 훨씬 넓어질 것이다.

04 훌륭한 글쓰기란, 훌륭한 고쳐쓰기다

집필력을 키우기 위해 꾸준한 습작은 물론, 그 결과물을 다시 점검하고 다듬어 나가는 과정이 필수적이다. 그런데 많은 사람이 이 과정에서 '어디서부터, 어떻게 고쳐야 할지' 막막함을 느끼곤 한다. 예를 들어 초고를 완성했지만, '이 문장이 왜 어색한 걸까?', '무엇을 더 넣고, 무엇을 빼야 하는 걸까?'라는 의문에 사로잡혀서 글을 방치하는 일도 일어난다.

이러한 문제를 해결하기 위해서 '자신을 냉정하게 평가하는 순간 비로소 글이 성장한다'라는 통찰에 주목해 보자. 즉 자기 피드백을 통해 스스로 조율하는 작업을 시작해 보자. 여기서 말하는 '자기 피드백'은 결코 거창한 전문 첨삭을 의미하지 않는다. 부담 없이 쉽게 적용할 수 있는 방법으로, 일정한 시간이 흐른 후에 다시 읽고, 치밀하게 점검하는 습관을 길러보는 것을 권한다.

누군가의 객관적 시선이 아니어도 '일정한 간격'을 두고 읽어보면 글에서 놓친 부분들이 자연스레 눈에 들어온다. 즉 처음에는 어색하지 않다고 느꼈던 문장도, 나중에 다시 보면 '아, 여기서 조금 더 구체적인 예시가 필요했겠구나'라고 자각하는 것이다.

이러한 과정을 좀 더 자세히 살펴보자.

[초고 단계]

마음속에 떠오르는 주제나 아이디어가 있다면, 퇴고 걱정 없이 초고를 쭉 써본다. 처음부터 지나치게 매끄러운 표현을 만들려 애쓰다 보면, 문장이 한 줄씩밖에 나가지 않을 수도 있다. 그러니 초고 단계에서는 머리에 떠오르는 생각을 자유롭게 펼쳐 놓는다.

[점검 단계]

초고를 완성하고 충분한 시간이 지난 후(몇 시간, 또는 하루이틀) 다시 읽어보자. 가장 중요한 것은 '이 부분이 왜 이렇게 서술되어 있는가', '설명에 빠진 부분은 없는가'를 객관적인 시각으로 점검하는 것이다. 모든 문단을 꼼꼼히 훑을 때 스스로에게 다음과 같은 질문을 던져볼 수 있다.

·이 글의 주제는 전체에 걸쳐 일관성을 지키고 있는가?

·도입부에서 던진 문제의식이 결말까지 이어지고 있는가?

·문장이 지나치게 장황해 독자가 중간에 지치진 않을까?

·어휘 선택이 적절한가, 비슷한 표현이 반복되지는 않은가?

이렇게 질문을 구체화하면 어느 부분을, 어떻게 고쳐야 할지가 비교적 선명하게 보인다. 이때 내가 직접 쓴 문장들을 다른 사람들에게 하나씩 '발표'한다는 마음으로 읽어보면 좋다. 특히 소리 내어 읽어보는 것은 생각보다 큰 효과를 발휘한다. '이 문장이 과연 실제 대화에서 자연스럽게 들릴까?'라고 의심하며 듣다 보면, 어색하게 이어지는 구절이나 불필요하게 반복되는 단어가 귀에 들어온다.

[퇴고 단계]

점검 단계를 통해 스스로 글을 다시 이해하고, 부족한 부분을 보완할 기회를 얻을 수 있다. 그다음 필요한 것은 퇴고, 즉 '고쳐쓰기' 단계이다. 글쓰기 초심자들은 초고가 완성된 글이라고 더러 착각하는 경우가 있는데, 사실 퇴고 과정이 더 중요하다. 글을 고쳐 쓰고 다듬는 과정에서 글의 내용을 자연스럽게 이어지도록 해야 한다.

또한 이 단계에서 놓치지 말아야 할 부분이 있다. 때로는 과감한 '삭제'가 필요하다는 점이다. 처음엔 중요한 것으로 보였던 문장이라도 글의 전체 흐름에 방해가 된다면 지워버리는 용기가 있어야 한다. 예를 들어 서론에서 장황하게 단어의 유래를 설명했지만, 실제 본문 내용과 전혀 연관이 없다면 오히려 읽는 이가 피로를 느낄 수 있다.

그럴 때는 그 내용을 줄이거나 빼야 한다. '훌륭한 글쓰기란, 결국 훌륭한 고쳐쓰기'라는 말이 바로 이러한 이유 때문이다.

이러한 단계들을 반복한다면, 글 쓰는 과정 자체가 더욱 능동적으로 변한다. 자칫 수동적으로 쭉 써 내려가는 데 그쳤다면, 이제는 글을 다듬고, 추가 자료를 찾아보고, 다른 문헌이나 글을 참조하면서 '이 표현을 더 정확히, 더 설득력 있게 만들려면 어떻게 해야 할까?'를 고민하게 된다. 그 과정에서 궁금증과 아이디어가 떠오를 수 있고, 쓰는 사람의 글쓰기 역량은 한층 단단해진다.

심지어 꼭 장황한 글이 아니어도 좋다. 짧은 단락, 에세이, 서평, SNS 글처럼 부담이 적은 글도 충분히 '고쳐쓰기'의 훌륭한 연습 소재가 될 수 있다. 초고와 최종본을 비교해 보는 것만으로도 '내가 무심코 썼던 표현이 실제로는 이런 맥락에 더 적합했구나'처럼 새로운 깨달음을 얻게 된다.

결국 '자신을 스스로 평가하는 순간 비로소 글이 발전한다'라는 이 오래된 진리는, 우리의 집필력 향상에도 그대로 적용된다. 사소해 보이지만 한 문장 한 문장 집중하여 세심하게 다듬는 그 몇 분간에 우리는 수동적 습득을 넘어서게 된다. 궁금증과 의구심을 주고받으며, 조금이라도 더 명확하고 매끄러운 글을 완성하고자 애쓰는 과정이야말로 '내 안의 표현력'을 단련하는 비밀 열쇠가 된다.

05 자기 피드백 습관으로 지속 성장하라

앞에서 '고쳐쓰기'의 중요성을 강조했는데, 이는 '자기 피드백'이라는 틀 안에서 자연스럽게 만들어내는 것이다. 어휘력이 사전에 수록된 단어를 무작정 외운다고 해서 저절로 늘어나는 능력이 아니듯이 글쓰기도 한 번에 완벽한 문장이 나오기 어렵다. 따라서 글을 쓰고 여러 번 고치는 과정을 거치는 것이 효과적이다.

특히 '자기 점검 항목'을 마련하여 시간차를 두고 다시 글을 살펴보면 '주제의 일관성', '글의 논리 흐름', '명확한 표현', '어휘의 적합성', '오류 확인' 등을 객관적으로 파악할 수 있다. 이를 잘 활용하면, 새롭게 익힌 어휘나 표현도 글 전체 맥락에서 자연스럽게 녹여낼 수 있다.

다음은 글을 쓸 때 자세히 살펴봐야 할 '자기 점검 항목'이다.

[주제의 일관성]

내가 전달하고 싶은 핵심이 무엇인지 수시로 확인한다. 이때 본론에 담긴 구체적 사례가 결론과도 유기적으로 이어지는지 점검해야 한다. 예를 들어 '독서 모임'을 주제로 글을 썼는데 결론에서 전혀 상관없는 취미 활동을 갑자기 길게 언급한다면, 글 전체가 산만해질 수 있다.

[글의 논리 흐름]

글의 전개와 전체적인 흐름을 확인한다. 서론에서 문제를 제시하고, 본론에서 구체적인 해법이나 사례를 보여주며, 결론에서 다시 요약(정리)하는 구조로 되어있는지 살펴봐야 한다. 예를 들어 '왜 독서 모임이 도움이 되는가?'라는 질문을 던졌다면, 모임에서의 실제 상호작용이나 어휘 활용 사례를 본론에서 구체적으로 보여주어야 읽는 이가 자연스럽게 수긍하게 된다.

[명확한 표현]

글의 의도가 분명하지 않은 문장이 있는지 확인한다. 만약 '뭔가 좋았다', '알 수 없는 느낌이 들었다'처럼 모호한 표현을 사용했다면, 읽는 이는 글쓴이의 생각을 제대로 이해하기 어려울 수 있다. 이럴 때는 '어떤 부분에서 좋았고, 그 이유는 무엇이었는가'를 구체적으로 풀어

쓰는 편이 좋다.

예를 들어 '독서 모임에서 새로 배운 단어를 직접 예문으로 써보고, 다른 참석자에게 설명하는 과정이 매우 인상 깊었다'처럼 글의 맥락을 명확하게 표현하는 것이 좋다.

[어휘의 적합성]

일상에서 많이 쓰는 단어라도 본문의 톤이나 상황에 맞춰 조정하지 않으면 어색해질 수 있다. 또는 비슷한 발음이지만 전혀 다른 의미를 지닌 말을 잘못 써서 혼선을 줄 때도 있다. 초고를 완성했다면 '이 표현이 내가 의도한 바를 제대로 전달하고 있는가?'라고 스스로에게 질문해 보자. 특히 중요한 개념이나 낯선 단어를 사용할 때는 사전적 정의뿐 아니라 문맥과 어우러지는지 함께 살펴보는 것이 좋다.

[오류 확인]

어휘력이 아무리 뛰어나도 부분적으로 내용적 오류가 담겨 있으면 전체 글의 완성도가 떨어져 보인다. 예를 들어 '라틴어에서 왔다'라고 썼는데, 실제로 그 어원이 그리스어인 경우처럼, 글의 정보가 잘못 기재된 부분은 없는지 꼼꼼히 점검해 보라. 사소한 오류도 읽는 이가 글을 신뢰하는 데 영향을 줄 수 있다.

초고를 쓴 후 '자기 피드백'을 위한 기준을 마련해 두면, 초고에서 미처 발견하지 못했던 부분이 선명하게 드러난다. 즉 하루나 이틀 정도 시간을 두고 다시 읽어보면, '이 문장은 충분히 이해할 만한가?', '내가 쓰고자 한 핵심 메시지가 흐려지지는 않았나?' 등을 객관적으로 살펴볼 수 있다.

이러한 과정이 누적되면, 우리는 글을 쓸 때마다 자연스럽게 '자기 점검 항목'을 미리 염두하게 된다. 이는 결국 풍부한 어휘와 정확한 표현, 그리고 편안한 문장 구조를 스스로 만들어내게 해주는 밑거름이다.

꾸준한 자기 피드백 습관을 들이면 그동안 배운 단어와 문장들이 비로소 내 것이 되고, 내 글을 읽는 이와의 소통 역시 한층 선명해진다. 다시 말해 딱딱한 글쓰기 훈련이 아니라, 스스로의 점검과 해석을 통해 '글이 살아 숨 쉬는 체험'을 할 수 있다. 그때 비로소 우리는 사고의 폭을 넓히며, 탄탄한 문장력으로 표현하고자 하는 바를 풍부하게 전달할 수 있게 된다.

지금 완성한 초고가 있다면 한 단락을 골라 다시 읽어보자. 그 단락이 지닌 의도, 읽는 이에게 선사할 가치, 그리고 내 마음에 남은 느낌을 곁들여 점검하는 순간, 당신은 이미 '자기 점검을 통해 스스로 배우는' 최고의 방식을 실천하고 있는 것이다.

어휘력 높이고 싶은
어른을 위한 필사책

초판 1쇄 인쇄 2025년 4월 23일
초판 1쇄 발행 2025년 5월 13일

지은이   손힘찬

편집   권희중
디자인   엄지언
마케팅·영업 비책
펴낸곳   비책
출판등록   제2024-000017호(2024.2.28)
이메일   becheck1995@gmail.com

값   22,000원

ISBN   979-11-988051-8-8 (03800)